나는 매일 뉴욕 간다

I GO TO NEW YORK EVERYDAY

40년
뉴요커에게도
항상 새로운
뉴욕, 뉴욕

나는 매일 뉴욕 간다

한대수
글·사진

북하우스

Prologue

나는 매일 뉴욕 간다

I go to New York every day

1958년 여름 나는 처음 뉴욕으로 왔다. 할아버지, 할머니 손을 잡고. 열 살 때였다. 상상하지도 못했던 새로운 세상이 전개되었다. "할아버지, 이거는 뭐예요?" "아이스크림" "이거는요?" "핫도그" "와, 맛있다" "롤러 스케이트". 번쩍거리고 큼직한 차들이 길을 달리니, 길 건너는 것도 무서웠다. 그럴 수밖에. 당시 한국은 비극적인 전쟁을 막 끝내고, 인생고를 해결하려고 몸부림칠 때였다. 생존 자체가 목적이었다. 나는 입을 옷도 없어 벌거벗은 어린아이가 쥐고기를 구워 먹는 모습도 보았다. 그러니, 열 살짜리 꼬맹이가 뉴욕을 접하고 얼마나 놀랐겠는가?

당시 미국은 제2차 세계대전의 승리자로서, 한 번도 폭격당하지 않고, 물자가 풍부하고 부유한, 유일한 수퍼 파워 국가로 세계 무대를 장악했다. 신세계의 상징은, 고층 스테인리스 스틸 빌딩 숲으로 이루어진 뉴욕 시티였다. 런던과 파리는 쓰러진 제국의 구도시가 되었다.

우리는 맨해튼 어퍼웨스트사이드 콜롬비아 대학교 앞에 위치한 아파트에 살았다. (파이브 베드룸 아파트. 지금은 월세 1만 달러 이상.) 훌륭한 신학자였던 할아버지가 세계기독교총연맹의 초청을 받아 전 가족이 뉴욕으로 오게 된 것이었다. 나는 석 달 만에 참새같이 영어를 조잘대고, 롤러스케이트를 타고, 맨해튼 전 지역을 누비고 다녔다. 31번가 파크에비뉴에서 엔진 달린 에어플레인 모델을 사서 손에 들고 스케이트를 탔고, 100번가에 있는 리버사이드 파크에서 에어플레인을 날렸다. 겁도 없었다. 그 당시엔 자동차 수도 그렇게 많지 않았고, 교통도 양호했다. 지금은 꿈도 못 꾼다. 요즘 어떻게 20킬로미터나 되는 찻길을 꼬맹이가 롤러스케이트를 타고 다니겠는가.

당시 뉴욕은 백인 인구가 75퍼센트였다. (지금은 45퍼센트). 그러니 지하철을 타면 미국 할머니들이 "너 어디서 왔니?" 하고, 나를 그렇게나 귀여워했다. 당시만 해도 동양 아이가 드물었다. 때로는 귀엽다며 내 볼을 꼬집기도 했다. 그때 지하철 값은 10센트(120원), 지금은 2.75달러(3000원). 이렇게 하여 뉴욕과 나의 관계가 시작되었다.

서울에서 뉴욕으로 프로펠러 비행기로 1주일이 걸렸던 1958년에서, 보잉 747로 14시간 걸리는 지금까지, 나는 뉴욕에서 40여 년, 서울과 부산에서 30여 년을 살았다. 이제 나의 인생을 정리할 때가 되었다. 내가 살았던 모든 도시들이 나에게

BIKE PATH
24HR CHECKS CASHED
Baldor

큰 영향을 주었다. 나는 뉴욕에 오래 살면서, 뉴욕을 그냥 복잡하고 분주한 대도시로 생각했지, 그리 중요하고 세계인들이 오고 싶어하는 매력적인 도시라고 생각하진 못했다. 그런데, 3년 전에 다시 뉴욕에 복귀하면서, 새삼스럽게 새로운 얼굴로 뉴욕을 느꼈다. 아, 대단한 도시구나! 내가 롤러스케이트를 타고 다니던 스트리트도 향수를 불러일으켰다. 사랑하는 연인과 키스하던 에비뉴 모퉁이에 잠시 걸음을 멈춰 나 혼자 웃음을 짓기도 했다. 그리고 1년에 6200만 명이나 방문하는 관광객들도 내 눈에 띄기 시작했다.

최근 나의 서울 친구들이 가끔씩 뉴욕에 방문하곤 하는데, 그중 친하게 지내던 기자가 뉴욕을 처음 보고는 이렇게 말하는 게 아닌가.

"와! 선생님, 난 뉴욕이 너무 좋아요!"

궁금해서 물어보았다.

"그런데 너무 지저분하지 않아요? 특히 지하철?"

"아니에요, 그런 건 눈에 보이지도 않아요. 그냥 맨해튼 길거리에 서 있어도 기뻐요. 난, 내년에도 꼭 올 거예요."

"아니, 그렇게 좋아요?"

"네, 사람들 구경만 해도 재미있어요. 자유의 공기가 정말 좋아요. 선생님은 매일같이 뉴욕 가네요?"

"하하, 그래요, 나는 매일같이 뉴욕 가요."

나는 할아버지와 함께 어퍼웨스트사이드에도 살았고, 흑인 동네 할렘에서 초등학교도 다녔고, 로워이스트사이드에도 살았다. 백인 동네 롱아일랜드에서 고등학교도 다녔고, 워킹 커플로 돈을 잘 벌 땐 어퍼이스트사이드 부자 동네에서도 살았다. 그리고 지금은 뉴욕에서 가장 큰 퀸스에 살고 있다.

나는 뉴요커다! 뉴요커의 조건이 무엇인가? 10년 이상 살면서 100년 이상의 고독을 느껴야 한다. 그리고 이혼은 한 번쯤 해야 한다. 뿐만 아니라 월세를 못 내서 한두 번은 쫓겨나야 한다. 그래야 뉴요커다. 만약 홈리스(노숙자) 경험을 했다면 완벽한 혼또(진짜) 뉴요커다! 유학 생활 5년 하고 돌아간 사람은 결코 뉴요커가 될 수 없다. 그냥 관광객이다. 나는 홈리스 빼고는 다 해봤다. 나의 상처가 1에비뉴에서 10에비뉴까지 박혀 있다. 그렇다, 나는 뉴요커다!

ART IS LIMITED

ART IS AMAZIN
ART IS A STATEMEN
ART IS HER
ART IS FOREVE

ART IS PHOTOGRAPH

ART IS MAGIC
ART IS NOW
ART IS EXCITING
ART IS TRUE

ART IS FOR EVERYONE

ART IS TIMELESS
ART IS UNIQUE

ART IS THE PERFECT GIFT

ART IS PASSION
ART IS AFFORDABL
ART IS SURPRISIN

ART IS ORIGINAL

ART IS HAND-SIGNED
ART REA

Contents

1장 ◦ 뉴욕을 걷다

2장 ◦ 뉴욕을 말하다

3장 ◦ 뉴욕에 살다

Life is a killer
Love is a painkiller

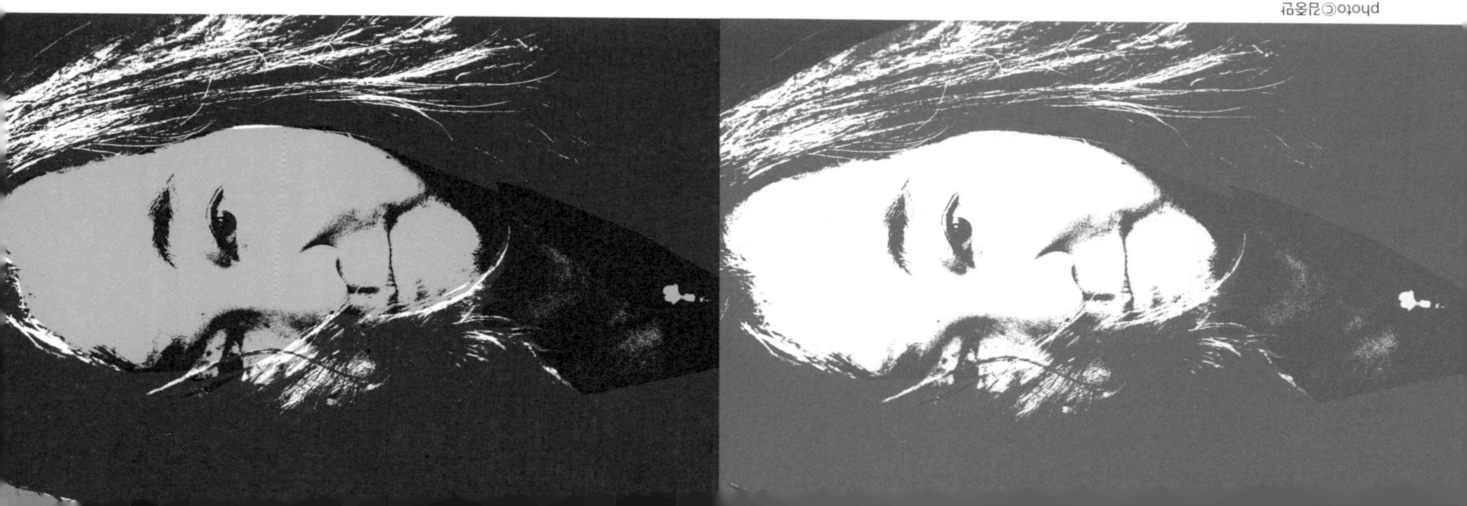

photo©김종만

Walk in New York
ONE WAY
1
뉴욕을
걷다

SAMSUNG
Coca-Cola
SHARE AN
ICE COLD
Coke
WICKED
New York
I ♥ NY

PEDESTRIAN F
KEEP MOVING

뉴욕의 숨은 보석, 노구치 뮤지엄

The Noguchi Museum

뉴욕은 전 세계에서 가장 박물관이 많은 도시다. 맨해튼, 브루클린, 퀸스, 브롱크스, 스태튼아일랜드, 롱아일랜드에서, 미술이든, 춤이든, 음악이든, 항상 세계 최고의 예술이 매주 소개된다. 브로드웨이 쇼는 또 어떤가? 예술 활동이 넘쳐나는 도시다. 이 모든 문화의 영양분을 다 섭취할 수는 없다. 시간도 제한되어 있고, 돈도 모자란다. 꼭 보고 경험해야 될 쇼도 고민해야 할 정도로 많다.

3년 전, 뉴욕에 다시 돌아와서 나는 꼭 가보고 싶은 곳 5곳을 정해 딸 양호와 친구들을 데리고 갔다. 그중에 숨은 보석이라 할 만한 곳이 있는데, 바로 노구치 박물관이다. 이사무 노구치는 조각가 이름이다. (다른 4곳은, 모건 라이브러리, 프릭 콜렉션, 뉴욕시티 박물관, 뉴욕 식물원이다.)

노구치 박물관은, 1985년 처음 오픈했을 때 방문한 적이 있다. 워낙 이 작가의 작품을 좋아해서 설레는 마음으로 갔는데, 기대 이상이었다.

노구치 박물관은 30년 전보다는 많이 알려졌지만, 아직도 뉴욕의 숨은 보석이다. 롱아일랜드 시티의 구석에 위치하여, 지하철을 타고, 다시 버스로 갈아타야 갈 수 있는 곳이다. 가는 길이 불편하다. 하지만 약간의 희생 정신과 시간을 투자하면, 보석의 빛을 볼 수가 있다. 이사무 노구치 조각가는 왜 하필 가게도 없고,

아파트도 없는 외딴 곳에 작업실 겸 자택을 정했을까? 이유는 간단하다. 노구치는 주로 돌로 조각을 하는데, 2~3톤짜리 돌 운반비가 너무 비싸서 돌 공장 옆으로 이사온 것이다.

노구치가 마지막으로 살았던 스튜디오는 박물관이 되었다. 30년 만에 다시 간 박물관은 또 다른 감동을 주었다. 생각했던 만큼이나 아름다웠고, 예술적이었다. 작품들의 레이아웃이 뛰어났고, 작품 하나하나마다 조명을 꼼꼼하게 신경썼다는 것이 느껴졌다. 빛과 그림자의 각도, 조각의 질감을 뚜렷하게 나타냈다. 가장 뛰어난 점은, 벽이 회색 빛의 시멘트 벽돌이라는 점이었다. 그러니 작품 하나하나가 빛을 발하는 보석 같았다. 돌의 어떤 측면은 번쩍거리게 하고, 어떤 표면은 손 하나 대지 않은 채 자연 표면을 그대로 살렸다.

가끔씩 구멍 하나, 아니면 끌로 새긴 줄무늬 3~4개. 노구치가 돌을 숭배한다는 느낌이 들 정도였다. 몇 개의 대리석 조각은 여러 색깔을 연결했는데, 핑크, 화이트, 블랙 등 여러 대리석이 빈틈 없이 하나의 원을 이루고 있었다. 돌 조각 기술이 이렇게나 완벽할 수 있을까? 감탄할 수밖에 없었다. 주로 돌 조각이었지만, 여러 개의 나무 조각도 감동적이었다. 나무의 자연 질감을 최대한 살렸고, 자기의 손으로 가다듬고 가다듬은 정성이 느껴졌다. 자연의 흐름을 방해하지 않고 따라간 것이다.

2200제곱미터의 2층짜리 박물관은 전반적으로 평화와 화음의 공간이었다. 평일에는 관람객이 거의 없고, 주말에만(특히 여름) 약간 북적거린다고 한다. 혼자 와서 작품을 감상하며, 침묵에 빠질 수 있는, 위로의 쉼터이다. 조각 정원 또한 일품이다. 나무, 조각, 돌, 자갈, 그리고 앉아서 옛 애인을 그리워할 수 있는 대나무 숲 앞의 오크나무 벤치. 여기에 30분 앉아 있으면 시가 저절로 나온다.

이사무 노구치는 일본계 미국인이다. 아버지는 일본 시인, 어머니는 미국 작가. 하지만 정식 결혼이 아니었기 때문에 노구치는 혼외 자식이었다. 한때, 의사가 되려고 뉴욕 컬럼비아 대학교에 입학했다. 그러나 적성에 맞지 않아 중퇴하고, 예술가의 길로 나선다. 지인의 소개로 거츤 보글럼의 조수가 됐는데, 당시 보글럼은 400명을 동원해 러슈모어산 국립기념비(Mount Rushmore National Memorial)에서 60피트 크기로 4명의 대통령 얼굴(조지 워싱턴, 토머스 제퍼슨, 프랭클린 루스벨트, 에이브러햄 링컨)을 돌산 표면에 조각했다. 여기서 노구치는 돌 조각의 매력과 도전 정신을 배운다. 그리고 이어, 루마니아의 유명한 조각가 콘스탄틴 브랑쿠시(Constantin Brancusi)의 조수가 된다. 일본을 여행하면서 교토에서 도자기 예술을 익혔으며, 일본 젠 가든(zen garden) 구성에도 큰 흥미를 느낀다.

1935년 멕시코시티의 기념물 작업을 하게 되었고, 화가 프리다 칼로를 만나 사랑에 빠진다. 소울 메이트가 되어 그녀가 1954년 죽기 전까지 그녀와 좋은 친구로 지낸다. 아르메니아 작가 아실 고르키와도 좋은 친구가 되어 같이 뉴욕에서 캘리포니아로 횡단 여행을 하기도 한다.

슬프게도 아실 고르키는 1948년, 44세의 나이에 목을 메고 자살한다. 그는 고통의 무게를 견디지 못했다.

노구치는 딱 한 번 결혼을 했는데, 1951년 요시코 오타카라는 일본 배우 겸 가수와 5년을 살다 헤어진다. 그녀 역시 아티스트로서, 중국과 뉴욕, 샌프란시스코에서 활동했다. 한때는 일본판 주디 갈런드로 불렸다. 두 아티스트가 한 지붕 밑에 산다는 것은 쉬운 일이 아니다. 노구치는 자기 작품에만 열중하고, 오타카는 일본으로 돌아가 나중에 18년 동안 국회의원으로 활동한다. 노구치는 1988년 84세의 나이에 생을 마감한다. 오타카는 2014년 94세의 나이에 생의 마침표를 찍는다. 노구치와 오타카는 노구치 박물관에서 신혼생활을 잠시 했다. 내가 1985년 박물관을 처음 방문했을 땐, 노구치의 침실도 공개했었다. 약 6평의 나무마루 방에 아카리 램프, 요, 그리고 걸려 있는 기모노. 미니멀리즘 그 자체였다. 애석하게도, 지금은 침실을 볼 수가 없다.

2층 박물관으로 가면 또 다른 세계가 전개된다. 아카리 램프(일본식 종이등) 숲이다. 수십 개의 종이등이 조화를 이루며 걸려 있다. 보는 사람들의 마음을 밝혀준다. 양호와 친구들이 뛰어다니며, 무척이나 즐거워했다.

보배 안의 보배는 기프트숍 겸 카페이다. 노구치의 여러 책과 함께 아카리 램프 사이에 편안한 쇼파가 있어,

노구치 클럽 멤버와 방문객들이 맥주와 와인을 마시며 작품의 비하인드 스토리를 토론할 수 있는 유쾌한 공간이다.

노구치는 자신의 작품이 전 세계 공원과 건물 앞을 장식하고 있고, 자기가 살고 작업했던 스튜디오가 인기 있는 뉴욕의 보석이 되었다는 것을 안다면 무척 흐뭇해했을 것이다. 혼외 자식으로 부모의 사랑도 제대로 받지 못한 고독한 혼혈아 노구치, 지금은 세계 미술계의 위대한 거목으로 우뚝 서 있다.

Appreciate the moment

ISAMU NOGUCHI

살아 있는
이 순간을
고맙게 생각하라.

이사무 노구치

뉴욕의 그래피티 아트

Graffiti art rises at the world trade center

지금 뉴욕에는 정말 재미있는 스트리트 아트(길거리 아트)가 전시되고 있다. 그래피티 아트, 즉 벽에다 한 낙서가 예술이 되었다. 역시 뉴욕은 뉴욕이다! 어떻게 벽에다 스프레이 페인트로 자기 맘대로 낙서한 반달리즘(Vandalism, 공공시설을 파괴하는 행위)이 아트가 될 수 있단 말인가? 깊이 생각하면, 사회적·정치적 이슈도 내포하고 있다. 미술 대학에 진학할 돈도 없고, 미술 공부도 하지 못한, 빈곤한 십대 청년들이 자신의 좌절과 분노를 맨해튼의 번쩍거리는 건물에다, 벽에다, 지하철에다 페인트로 마구 뿌리는 것이다.

어떤 것은 욕설(F. YOU!), 어떤 것은 정치적 메시지(RESIST!), 어떤 것은 섹스, 또 어떤 것은 종교적인 구호(JESUS LIVES)이다. 유치원생 수준의 그림도 있지만, 고차원적 팝아트 느낌을 주는 그림도 있다.

그래피티 아트(낙서 아트)는 수천 년 전 고대 이집트와 그리스 시대에도 있었다. 하지만 현재 우리가 알고 있는 그래피티는 1970년대 초 브루클린의 십대 아이들이 스프레이 페인트를 들고 지하철마다 마구 낙서하면서부터 시작됐다. 대중들도 처음 보는 장면이어서 인상을 마구 찌푸렸다. 시의원들은 NYPD(뉴욕시경) 경찰을 시켜 이러한 무질서한 페인트 깡패들을 잡으라고 명령했다. 경찰과 낙서 깡패들의 전쟁이 벌어진 것이다. 낙서 패거리들은 더욱 과감하게, 아름다운 빌딩 벽에다 페인트 스프레이를 뿌렸고, 가로등, 전봇대, 지하철 입구 등에도 가리지 않고 뿌렸다. 경찰에게 잡히면 바로 감옥행이었다. 낙서 깡패들은 새벽에 스프레이 캔을 들고, 20초 내에 그림과 구호를 쓰고 도망갔다. 게릴라전이 시작된 것이다.

낙서 아트에도 나름의 역사가 있다. 가장 인상 깊은 것은 1967년 런던에서, 지하철 벽에다 "CLAPTON IS GOD(기타리스트 에릭 클립턴은 하나님이다)."라고 쓴 골수 팬의 낙서로, 이 낙서는 전 세계로 번지면서 낙서의 힘을 보여줬다. 1980년 당시, 나는 컬러 휠이라는 세계에서 제일 큰 규모의 사진 스튜디오에서 일하고 있었다. 너무 규모가 커서, 코닥 필름과 후지 필름에서

TODD GRAY

우리 회사를 위해 필름과 인화지를 특수제작할 정도였다. 당시 우리의 고객은 캘빈 클라인, 랄프 로렌, 에스티로더, MoMA, 메트로폴리탄 박물관, I. M. 페이 건축가 등이었다. 고객들이 세계적인 대가이거나 대기업이었기에, 일이 너무 많았다. 하루 10시간 노동은 보통이고, 주말에도 자주 일했다. 한번은 랄프 로렌이 폴로 브랜드를 런칭한다고 해서, 2000장의 프로모션 사진을 밤새도록 인화한 적도 있었다. 돈도 많이 벌어서, 어퍼이스트사이드에 살면서 영국제 스포츠카를 몰고 다녔지만, 몸이 너무 피곤했다.

매일 지하철을 타고 출퇴근을 하는데, 어느 날 보니 까만 광고 벽에 분필로 그려진 갓난아기가 기어가고 있었다. 그것도 빛을 발하면서. 너무 신기하고 귀여워서 지하철 승객 모두가 웃기 시작했다. 당시 뉴욕 지하철 벽은 광고판으로 사용되었는데, 광고가 비어 있는 공간은 새까만 벽지였다. 여기에 누군가 하얀 분필로 귀여운 갓난 아기를 그리기 시작한 것이다.
그 인물은 다름 아닌, 키스 헤링이었다.

그는 스쿨 오브 비주얼 아트에 다니는 22세 전위 예술가로, 이 일로 센세이션을 불러일으키기 시작했으며, 나중엔 대가가 되어 그래피티 아트뿐 아니라 팝아티스트로 대성공을 거둔다. 앤디 워홀과 장-미셸 바스키아(Jean-Michel Basquiat)와 친구가 되어 공동

작업도 한다. 슬프게도, 인기 정상에 앉아 돈을 많이 벌기 시작할 무렵, 키스 헤링은 AIDS로 죽는다. 그의 나이가 31세.

그래피티 아트는 팝아트의 삼총사, 키스 헤링, 앤디 워홀, 장-미셸 바스키아로 인해 미술계에서 인정을 받기 시작한다. 키스 헤링 작품은 현재 300만 달러 이상으로 경매되며, 장-미셸 바스키아 작품은 1억 달러 이상, 그리고 앤디 워홀 작품은 부르는 게 값이다.

이러한 역사를 가진 낙서 아트가 지금, 뉴욕의 세계무역센터 구역에서 약 2만 제곱피트라는 엄청난 벽을 장식하고 있다. 현재 신축 건물 프로젝트를 담당하고 있는 부동산 재벌 래리 실버스테인이 공사장의 넓고 긴 철담이 너무 심심해서, 뉴욕 최고의 거리 아티스트 50명을 초청해 "너희들 마음대로 낙서해. 작품을 만들어봐!" 했다고 한다. 그러자 괴물이 탄생했다. 위대한 아방가르드 전위 미술이 지금 뉴욕 다운타운을 거창하게 장식하는 중이다. 기자가 실버스테인 회장님께 물었다. "당신은 어떠한 형태의 미술품으로도 벽을 장식할 수 있었는데, 왜 하필 그래피티 아트인가요?" 87세 노인 회장님은 크게 웃으며 답했다. "It was the coolest kind of art(가장 쿨한 아트이니까요)."

Andy Warhol: Man or a myth?

나는 앤디 워홀을 안 좋아한다. 너무 쉽게 작품을 만들고 너무 많은 돈을 번다. 고생도 안 하고 희생도 안 하도 별 어려움 없이 작품을 대량생산한다. 무슨 이런 작가를 팝아트의 혁명가로 부르는가? 그는 그냥 폴라로이드(1분 만에 사진이 인화되어서 나오는 장난감 사진기)로 유명한 인물을 찍어, 색감 처리하고 확대하여, 실크 스크린으로 밀어버린다. 그것도 자기가 안 하고 기술자에게 맡긴다. 마음에 안 들면 버려버리고, 좋으면 액자에 넣어 수만 달러(1960년도 기준. 지금은 수십만 달러)를 챙긴다. 그것도 수십 개씩 대량생산한다. 하루 만에 완성할 수 있다. 이런 작가가 무슨 예술가인가?

1960년대, 나는 뉴욕에 살면서 빈센트 반 고흐나

아메데오 모딜리아니같이 한평생 굶주리면서 고생고생하며 작품 활동을 하다가 죽은 화가들을 위대한 작가라고 생각했다. 워홀을 무슨 미술계의 혁명가라고 떠들어대는 미국 미술 평론가의 얘기에 콧방귀를 뀌었다.

그러다 2년 전, 뉴욕의 스트랜드 책방에서 1963년에 출판된 워홀의 《Illustration》이라는 책을 발견했다. 'Autobiography of a snake(뱀의 자서전)'. 땅 밑을 기어다니는 야심 많은 뱀이 미국의 상류사회까지 온갖 수단과 방법을 가리지 않고 기어올라가는 스토리가 펼쳐진다. 만화책 같은 일러스트레이션 책이다. 그림이 아주 유니크하고, 색감도 뛰어났다. 천재적이었다. 이 작품은 1949년 워홀이 뉴욕에 처음 도착해서, 패션 일러스트레이터로서 광고 대리점에서 일할 때 구상한 책이다. 상류사회에 끼어들고 싶은 야심 많은 뱀은 워홀 자신이었다.

1962년, 워홀의 'Campbell's Soup Can'이 전 미술계의 화젯거리가 되면서 앤디 워홀이라는 이름이 미국 현대 미술계를 뒤흔들었다. 대부분 평론가나 미술 애호가들은 이 어처구니 없는 작품을 보고, 어떻게 수프 깡통을 그대로 베껴 그린 것을 작품이라고 갤러리에 전시할 수 있는가, 하고 항의했다. 그런데 1960년대 히피 문화가 뉴욕과 샌프란시스코에 꽃을 피울 무렵, 아방가르드

사상을 가진 젊은이들은 "어, 재미있네. 이런 것도 작품이 될 수 있구나." 하고 호의적으로 받아들였다. 워홀 자신은 "소비 컨슈머리즘이다. 수프를 매일같이 먹고 깡통을 버린다. 미술도 보고 버리는 것이다. 그리고 매일같이 반복한다."라고 말했다.

워홀 작품은 시리얼 넘버를 매긴 것이 많다. 수프 깡통이 하나도 있지만, 연속적으로 100개씩, 코카콜라도 200개씩, 그리고 브릴로 설거지 용품도 박스째로 30개씩 쌓아놓고, 조각품이라고 전시했다. 어처구니없는 행위이다. 마르셀 뒤샹이 변기를 거꾸로 달아놓은 작품 이후로 가장 큰 화젯거리가 되었다. 그리고 그는 선언했다. "이것이 팝아트다. 미술은 심각한 것이 아니고 소비하는 것이다. 그리고 돈을 벌어야 한다."

워홀의 목적은 두 가지였다. Money and Fame. 돈과 유명세의 악수. 돈이 있어야 유명해지고, 유명해져야 돈이 된다. 그는 완벽하게 성공했다.

워홀은 1928년 피츠버그에서 태어났다. 부모님은 슬로바키아에서 미국으로 이민 온 부부였다. 워홀의 원래 이름은 워홀라(Warhola)인데, 그가 《글래머》라는 잡지에서 일러스트레이터로 일할 때 크레디트에 실수로 'a'를 빼면서 워홀로 불리기 시작했다. 워홀라와 워홀은 큰 차이가 있다. 비틀스가 원래 이름 'Silver Beatles'에서 Silver를 뺀 것과 마찬가지다. 그리하여 역사가 시작됐다.

2019년, 피츠버그 촌놈이 뉴욕에 상륙한 지 60년 만에 워홀은 현대 미술의 개척자로 불리고, 서양사회의 문화 혁명을 일으킨 선구자가 되었다. 이것은 워홀 자신도 상상하지 못했을 것이다.

1960년대부터 유명해지기 시작한 워홀은 뉴욕 상류사회에 끼어든다. 초상화를 그리며 케네디 대통령의 부인 재키와 친해졌고, 보그 잡지의 기둥인 다이애나 브릴랜드와 친해졌으며, 록펠러재단의 사모님인 해피 록펠러와도 친하게 지내기 시작했다. 그리고 엄청난 돈을 챙겼다.

1970년대, 내가 컬러 휠이란 당시 최고의 사진 스튜디오에서 일할 때였다. 우리 회사 사장이 어느 날 오더니 이렇게 자랑했다. "어제 우리집 파티에 누가 왔는지 알아? 앤디 워홀이 왔어. 부럽지?" 직원들 모두 감탄했다. "우리 사장님 완전 상류사회네?" 그런데 나중에 사모님이 나에게 고백을 했다. "야, 대수야, 워홀은 돈만 주면 파티에 참석해. 호스트에게 키스하고, 사람들에게 인사하고, 칵테일 한 잔 마시고 가는 거야." "얼마?" "5000달러(지금 돈 2만 달러)."

워홀은 유명해지자마자, 돈 버는 기계가 되었다. 조르조 아르마니 초상화 5000달러, 엘리자베스 테일러 초상화 1만 달러, 트루먼 커포티 작가 초상화 1만 달러. 지금은 경매장에서 1000만 달러 이상이다.

파티나 행사에 참석할 때, 그는 그냥 안 갔다. 꼭 돈을 받아야 15분 참석했다. 당시 돈 2000~5000달러. 그림 그리는 천재가 돈 버는 천재가 된 것이다. 변명도 하지 않았고, 부끄러워하지도 않았다. 어느 정도 돈을 사모했는가 하면, 그는 돈을 작품으로 그린 처음이자 마지막 작가였다. 1960년대 초기에는 수채화 하나가 '돈뭉치'였다. 그의 팝아트 작품으로 $(달러) 사인 작품도 몇 개가 있다.

내가 60번가에 있는 고급 레스토랑 세렌디피티에서 일할 때, 그곳에서 워홀을 두 번 정도 봤다. 그의 타운하우스는 66번가에 있었다. 한번은 브로드웨이 스타 라이자 미넬리와 함께, 또 한번은 젊은 보이프렌드와 함께였다. 워홀은 게이였다.

나는 수십 년 동안 맨해튼 미드타운에서 일했기에, 고급 백화점에서 그가 쇼핑하는 모습을 수차례 볼 수 있었다. 1킬로미터 거리에서도 그는 눈에 띄었다. 항상 은색 가발과 창백한 얼굴 위에 레이밴 선글라스. 그에겐 어릴 때 앓은 성홍열 때문에 피부에 흉터가 있었는데, 이를 가리기 위해 하얀 파운데이션을 발랐다. 지금 유행하는 유명인 선글라스 패션은 워홀이 그 창시자다. 밤이든, 낮이든 워홀은 신비한 존재감을 과시했다.

워홀의 가장 큰 비극은 1968년에 일어났다. 남자들을 혐오하는 페미니스트 발레리 솔라나스로부터 총을 맞았던 것이다. 목숨이 위독할 정도였다. 가슴을 열고 대수술을 한 결과 겨우 살아남았다. 그후로 그는 항상 바디 코르셋을 입어야 했다. 그리고 인생에 대한 시각이 변했다. "믿을 수 없는 일들이 생길 수 있구나" 하며, 인생의 아이러니에 대해 깊이 고민하기 시작했다.

1987년, 워홀은 담낭 수술을 받고 회복하는 도중에 합병증으로 죽었다. 나이 58세였다. 항상 병원 공포증으로 검진과 치료를 기피해온 결과였다. 1968년에 일어난 총기 사건으로 몸이 심하게 망가져 있기도 했다. 사후, 경찰이 워홀의 타운하우스를 뒤지니, 수백 개의

열지도 않은 쇼핑백이 발견되었다. 그는 쇼퍼홀릭이었다.

워홀의 작품들 중 내가 가장 기특하게 생각하는 것은 그의 영화이다. 화질이 안 좋은 6mm 영화인데, 약 60개의 영화가 있다. 그중 'Empire'라는 영화는 엠파이어스테이트 빌딩을 8시간 동안 찍었다. 그냥 삼각 다리에 카메라를 놓고 8시간 동안 엠파이어스테이트 빌딩을 찍은 것이다. 웃어야 할지, 울어야 할지, 어처구니 없는 영상이었다. 그리고 'Sleep'은 한 남자가 잠자는 모습을 그냥 보는 영화다. 틀에 갇힌 관념의 문을 활짝 열었다.

그가 1969년에 창간한 《Interview》 잡지는 예술 그 자체였다. 자기가 직접 찍은 초상화 커버와 한 스타의 인터뷰를 편집 하나 없이 수십 페이지를 실어놓은 잡지였다. 기침할 때에는 "기침", 웃으면 "깔깔" 하고 모든 것을 적어놓았다. 그러다 보니, 인터뷰당하는 스타의 모든 인격이 드러났다. 나도 여러 인터뷰를 당했지만, 그 어떤 곳도 99퍼센트 내가 한 말을 그대로 옮기진 못했다. 워홀의 《Interview》 잡지는 위대했다.

워홀은 벨벳 언더그라운드라는 중요한 록 밴드도 데뷔시켰고, 현재 화제의 팝아티스트인 장-미셸 바스키아의 멘토이기도 했다. 앤디 워홀의 업적을 이야기하려면 100페이지 책도 모자랄 것이다.

Art is
what you can
get away with.
예술은 사기다!
앤디 워홀

M. C. 에스허르

M. C. Escher

1968년 여름, 내가 뉴욕 사진 학교에 다니던 때였다. 당시에 난 학비를 벌기 위해서 밤에는 60번가에 위치한 고급 레스토랑 세렌디피티에서 요리사 조수로 일했다. 가난한 학생인지라 뉴욕에서 가장 저렴한 월세 지역인 이스트빌리지에 살았다. 그곳은 한마디로 빈민굴이었다. 나의 이웃은 마약 밀매 거래자, 창녀, 쿠바 혁명 단체(Cuban Revolutionary Front)였고, 또 바로 옆집은 흑인과 백인 동성 커플(gay couple)이었다. 나의 동반자는 바퀴벌레, 나의 친구는 기어 다니는 쥐새끼들이었다. 월세는 지금과는 비교도 안 되는데, 고작 50달러였다. 그것도 방 두 개짜리 원베드룸!

1968년 이스트빌리지는 히피 문화의 메카였다. 구호는

사랑과 평화, 여성운동이었는데 그들은 아예 브래지어를 벗어 던지고 불태워버렸다. 프리 섹스(Free Sex)! 사랑은 자유, 사랑은 공짜. 하기야 바로 그 무렵, 인류 역사상 최초로 피임약(the pill)이 탄생했으니 당시로선 자연스러운 현상이자 구호였다. 그리고 이 모든 것의 휘발유 역할을 했던 록 음악은 완벽하게 그들의 주장에 힘을 모아주었다. 짐 모리슨, 지미 헨드릭스, 재니스 조플린, 그리고 비틀스! 그들의 음악은 반체제 혁명 그 자체였다. 록 음악은 당시 젊은이의 급진적인 사상(radical ideas)의 행진곡이 되어준 셈이다.

록 음악 최고의 공연장 필모어 이스트(Filmore East)는 젊은이들을 불러 모았다. 그런데 이 무슨 운명이란 말인가! 필모어 이스트는 바로 우리 아파트에서 두 블록 건너 있었다. 당시의 나는 피가 끓어올랐다. 매일 밤 그곳에 찾아가 수많은 밤을 음악에 취해 지냈다. 공연장은 술과 마리화나 냄새로 코를 찔렀지만, 난 분위기에 먼저 취했다. 나는 새로운 세상에 흥분했다. 사랑과 평화가 숨 쉬는 파라다이스를 찾은 것만 같았다.

우리의 이러한 신념을 사상적으로 이끌어주는 신문과 잡지가 있었다. 하나는 《빌리지 보이스(The Village Voice)》였고 다른 하나는 《아방가르드(Avant Garde)》였다. 《빌리지 보이스》가 정치적이고 문학적이고 급진적인 사고를 자극했다면, 《아방가르드》는 시각적인 미술로

눈을 자극했다. 대중에게 잘 알려지지 않은, 조지 투커(George Tooker)라는 화가에서부터 제리 율스만(Jerry Uelsmann) 같은 사진가, 그리고 미국 역사상 최초로 풀 프런털 누드(full-frontal nude, 한국에서는 헤어누드라고 부른다)를 등장시켰다. 이는 《플레이보이(Playboy)》에서도 시도하지 못했던 과감한 모험이었다. 출판사 발행인은 브루클린 출신 유대인인 랠프 긴즈버그(Ralph Ginzburg). 그는 인간이 지닌 관념의 폭이 너무 좁은 데다가 전쟁, 질병, 그리고 가난이 만연해 있기 때문에 대중의 생각을 바꾸는 역할을 하고자 했다. 생각해보라! 여자의 몸이 얼마나 아름다운가? 왜 이러한 신의 작품을 감상할 수 없단 말인가? 결국 긴즈버그는 1972년에 외설 혐의(obscenity charge)로 기소되어 감옥에 가게 된다. 청교도 정신이 바탕인 미국 정부는 아이들에게 악영향을 미치는 사진들을 허용할 수 없다는 뜻이었다.

바로 이 잡지에서 나는 처음으로 M. C. 에스허르(M. C. Escher)라는 위대한 아티스트를 소개받았다. 에스허르의 그림은 수수께끼였고, 그냥 보는 게 아니라 생각하게

만들었다. 잡지 포맷도 사각형인 데다 편집과 활자 디자인도 뛰어났다. 에스허르의 그림은 어떠한 형태로 시작해서 계속 반복하는 과정에서 돌변하여 마지막에는 완전히 다른 사물로 변했다. 곤충으로 시작해서 물고기가 되고, 또 물고기가 변해 천사가 된 후, 천사가 악마가 되고, 또 악마가 이탈리아의 성이 되고. 생각지도 못한 작품들이었다. 선 하나하나가 세밀하고 정확하게 그려졌다. 지금의 컴퓨터 그래픽과 똑같은 정밀함이 인간의 손으로 그려졌다니, 감탄하지 않을 수 없었다.

에스허르는 1898년 네덜란드에서 부유한 토목 기술자 집안에서 태어났다. 건축학과 미술을 전공했으나, 학교 공부는 특별히 관심이 없었다. 그는 청년이 되어 스페인의 여러 도시를 여행하며 마드리드, 톨레도, 그라나다의 무어 건축(Moorish Architecture)에 감탄하며 공부하기 시작했다. 특히 알함브라 궁전의 세밀한 디자인과 기하학적 대칭에 큰 감동을 받았다. 유럽 여행 중에 그에게 가장 큰 영향을 준 나라는 역시 이탈리아였다. 그는 시칠리아, 아말피, 아브루치의 아름다운 풍경과 예술에 흠뻑 빠졌다. 로마에 도착하자 이 도시에 반해 10년 이상 살면서 예타 위미커(Jetta Umiker)라는 스위스 여인과도 사랑에 빠져 결혼을 한다. 한평생 자기만의 미술 세계를 창안하면서, 엄청난 수의 판화, 잉크 드로잉, 조각품을 남겼다. 살아 생전에는 크게 인정을 받지 못해, 나이 70세가 되어서야 모국인 네덜란드에서 회고전(Retrospective Exhibition)을 열었다. 그는 1972년 나이 73세에 네덜란드에서 사망했다.

내가 에스허르를 처음 감상한 1960년대 후반부터 그는 세계적인 주목을 받기 시작해 지금은 전 세계 박물관에서 그의 작품이 전시되고 있다. 미국에서는 2018년 6월에 브루클린의 인더스트리 시티 박물관에서 에스허르의 첫 회고전을 열었다. 작품은 무려 200점 이상이고, 관람객들이 에스허르의 마술 같은 미술에 푹 빠져 체험할 수 있는 공간도 있었다. 전시장에 들어가는 순간, 에스허르의 작품이 입구 계단에서부터 사람을 빨아들인다. 싱가포르, 리스본, 로마를 거쳐 브루클린까지, 현재 에스허르 전시회는 월드투어를 하는 중이다. 서울까지 가게 될지는 미지수이지만 도쿄에서는 분명히 전시될 것이다. M. C. 에스허르, 그는 수학자이자 과학자요, 시인이자, 위대한 아티스트였다.

오 헨리 O'Henry

양호를 학교에 데려다주고 맨해튼 다운타운으로 산보를 나갔다.

날씨도 맑고 하늘은 푸르다. 그래머시 공원을 지나가는데 'The Tavern O'Henry Made Famous(오 헨리가 유명하게 만든 술집)'라는 간판이 눈을 사로잡는다. '세상에! 오 헨리가 이 집에서 술을 마셨다니, 아침이지만 나도 한잔해야지!' 하고 생맥주를 한 잔 시켰다. 술집 이름은 '피츠 태번'이고, 1864년에 문을 연 뉴욕의 가장 오래된 술집 겸 음식점이다. 오 헨리는 입구에서 두 번째 식탁에 앉아 위스키를 마시며 걸작 '크리스마스 선물'을 3시간 만에 썼다고 한다. 야! 신기하다.

롱아일랜드에서 고등학교에 다닐 때, 나를 제외한 학생 모두가 백인이었다. 놀랍게도 영어 선생님이 나의 글을 좋아해서, 영문학 특수반 학생으로 나를 뽑아줬다. 큰 영광이었다. 우리는 일주일에 한 번씩 모여앉아 좋아하는 작가에 대해서 토론하고 작품을 비평했다. 내가 가장 사랑하는 작가는 에드거 앨런 포, 토머스 하디, 그리고 오 헨리였다. 오 헨리의 짧은 소설은 위트가 있었고, 결말은 늘 놀라웠다. 항상 예상치 못한 운명의 장난으로 끝났다.

'크리스마스 선물'은 얼마나 아이로니컬하고 슬프고 아름다운 이야기인가. 가난한 젊은 뉴요커 부부가 크리스마스 선물을 서로 사줬지만 허무한 일이었다. 남자는 시계를 팔아서 여자의 긴 머리를 빗어 내릴 예쁜 빗을 샀고, 여자는 자기의 긴 머리를 팔아서 남편에게 새 시곗줄을 산 것이다. 얼마나 아이로니컬한가! 여자가 "짐, 걱정 마. 내 머리는 빨리 자라." 하고 말한 것이 18세 나의 가슴을 울게 했다.

오 헨리는 예명이다. 본명은 윌리엄 시드니 포터이며, 1862년생이다. 약사로도 일했고 목장과 은행에서도 일했다. 그림도 잘 그렸고 음악가로서도 열정적이었다. 기타와 만돌린을 잘 쳐서 한때 밴드 활동도 했다. 하지만 그의 인생도 그의 소설처럼 운명의 장난이 연속적으로 발생했다.

17세 때 에톨이라는 부유한 집안 딸과 결혼했는데 첫째 아들은 태어난 직후에 죽는다. 에톨도 29세 때

THE TAVERN O.HENRY MADE FAMOUS
PETE'S
EST 1864
NFL Sunday Ticket
In Our
Speakeasy Private Room
Four Large Tv's,
Great Drink Specials,
Complementary Finger Food,
Fantasy Football Tracker

결핵으로 세상을 떠난다. 오 헨리는 은행에서 일할 때 횡령 사건에 휘말려 온두라스로 도주했다가 결국 체포돼 3년 동안 감방 생활을 하기도 한다. 그러나 시간 낭비는 아니었다. 이때부터 오 헨리는 단편소설을 쓰기 시작한다. 감옥에서 풀려나자마자 그는 뉴욕행을 선택한다.

그는 뉴욕 다운타운의 싸구려 아파트에 살면서 열심히 글을 썼다. 일주일에 소설 한 편을 쓸 정도였다. 뉴욕 생활 9년 동안 무려 381개의 단편소설을 썼다. 하지만 생활고와 고독에 시달리다, 1910년 6월 5일 홀로 죽는다. 47세였고, 사망 원인은 간경변과 당뇨, 심장병이었다. 오 헨리는 심각한 알코올 중독자였다. 원고료를 받을 때마다 아파트 건너편에 있는 피츠 태번에서 술을 마셨다. 그 덕분에 이 술집은 영화배우를 비롯한

유명인들이 자주 들르는 뉴욕 명소가 됐다.

음식도 맛있다. 주메뉴는 이탈리안 파스타이지만, 프라임 립과 햄버거 디럭스도 일품이다. 또 오 헨리와 여러 대가들의 사진, 추억의 소품들이 술맛을 달콤하게 만들어준다. 술값도 맨해튼치고는 양호하다.

오 헨리는 불행한 인생을 살았지만 그의 저작권을 보유한 뉴욕 출판사 '더블데이'는 오 헨리 소설을 계속 찍어내면서 엄청난 화폐를 벌었다. 이 출판사는 매년 훌륭한 작가를 발굴해 '오 헨리 상'을 준다.

Turn up the lights.
I don't want to go home
in the dark.

불을 켜라. 혼자 캄캄한 방으로
들어가기 싫다.
_ 오 헨리

에드거 앨런 포와 까마귀

Edgar Allan Poe and The Raven

에드거 앨런 포를 생각하면, 나는 눈물이 난다. 너무나도 비극적인 삶을 살았다. 하지만, 그는 천재적인 문학가요, 영문학 최고의 시인이다.

내가 포를 처음 알게 된 것은 1966년 고등학교 때였다. 나는 그렇게나 그리워하던 아버지를 처음으로 만나게 되어, 그가 살고 있는 롱 아일랜드 집에서 같이 살게 되었다. 아버지의 사랑을 듬뿍 받는 부자 간의 재회를 기대했지만, 그것은 헛된 꿈이었다. 같이 야구도 하고 낚시도 하고 서로 얼싸안아주면서 지나간 17년의 공백을 채워줄 줄 알았는데, 그건 불가능한 상황이었다. 우리 사이를 '수'라는 미국 부인이 가로막고 있었다. 아버지와 두 번째 결혼을 한 그녀에게는 아이가 9명 있었으며, 갑자기 나타난, 다 성장한 첫 번째 아들을 그녀는 받아줄 수가 없었다. 아버지는 맨해튼에서 대규모 인쇄소를 경영하는 사업가로서, 항상 저녁 11시가 되어야 귀가했다. 토요일도 일했으니, 아버지 얼굴을 보기가 힘들었다. 일요일날 응접실 소파에서 낮잠을 자는 모습 정도였다. 나는 실망했고, 너무 슬펐다.

그리고 나에 대한 수의 구박은 끊임없었다. 아버지와 나의 관계가 가까워지면 자기 자식에 대한 관심이 멀어지고 경제적인 혜택도 줄어들 것이라 염려한 것이다. 소유와 질투의 투쟁이었다. 내 옷도 안 빨아주고, 학교에서 돌아오면 반겨주지도 않았다. 밥도 "너가 알아서 해먹어." 정도였다. 아버지는 이 사실을 알 수가 없었다. 돈 벌기에 바빴다. 식구 12명을 먹여살리고, 매일같이 2시간 반씩 기차를 타고 출퇴근했다. 아버지와 야구를 하다니? 야구장 구경도 못했다.

그런데, 학교가 좋았다. 당시 우리 동네는 100퍼센트 백인 동네였고, 중산층으로 구성되어 있었다. 코리안은 물론 나 하나였고, 흑인과 히스패닉도 없었다. 나의 졸업 앨범을 보면 신기할 정도다. 백인 사이에, 나 혼자 눈에 띈다. 고맙게도 학생들 모두가 착했고, 나에게 호의적으로 우정을 베풀었다. 내가 신기했던 모양이다.

한국에서 내가 워낙 어렵게 공부를 했기에, 미국 학교 공부는 누워서 떡 먹기였다. 그쪽 수학은 초등학교 수준이었다. 그런데 어느 날 영어 선생님 Mr. 카메론이

나를 불러 얘기했다. “대수, 너 말이야, 문학에 뛰어난 것 같아. 너를 ‘영문학 A반’에 초청하고 싶어.” 아니 나의 영어 글 솜씨가 좋다니? “너의 시가 아주 훌륭해.” 와, 놀랍다. 그래서 나는 문학 A 클럽에서 대학 수준의 독서를 하고, 12명의 정예 멤버들과 둘러앉아, 작가에 대해서 분석하고 토론했다. 너무나도 좋은 작가들을 소개받았다. 토머스 하디, 퍼시 비시 셸리, 조지 고든 바이런, 오 헨리. 그중 에드거 앨런 포가 나의 가슴을 때렸다. 그의 시 ‘애너벨 리’를 읽고 나는 울었다. 너무나도 슬프고, 너무나도 아름다웠다. 꼭 나의 처지를 대변해주는 것 같았다. 그의 인생은 너무나도 처참했다. 포의 고통과 불행에서 나는 위로를 받았다.

포는 1809년 보스턴에서 연극배우 부모에게서 태어난다. 하지만 한 살 때 아버지가 가출하고, 어머니는 다음 해에 병으로 죽는다. 한 살짜리 아이가 고아가 된 것이다. 앨런 가정에 입양되지만 어린 시절이 순조로울 리 없다. 버지니아 대학교에 입학했으나, 학비가 모자라 1년 후에 중퇴한다. 그후 육군사관학교 웨스트 포인트에 입학했는데 적성에 안 맞아 여기서도 역시 중퇴한다. 군대 용어로 말하자면 그는 ‘고문관’이었다.

하지만 포는 글 솜씨가 좋아 문학 잡지와 신문사에 글을 기고한다. 일자리를 구하기 위해 여러 도시를 떠돌아다닌다. 볼티모어, 필라델피아, 그리고 뉴욕.

한때는 뉴욕에서 《브로드웨이 저널》이라는 문학 잡지의 편집장 역할도 했다. 하지만 이 잡지도 2년 못가 파산했다. 한평생 가난에 시달리고 가족 없이 자란 위대한 시인은 무엇보다도, 사랑에 굶주린다. 위로받을 곳은 '술병'뿐이었다. 그는 한평생 하드코어 알코올 중독자였다.

그런데 1836년, 그는 사랑에 빠진다. 상대방은 14세 버지니아 클렘. 결혼할 때 아내의 나이가 21세라고 거짓말을 한다. 인생 처음으로 포에게 '가족'이 생겼고,

그는 행복을 느꼈다. 아침에 일어나 커피를 같이 마실 수 있는 동반자, 처음으로 대화를 나눌 수 있는 친구가 그에게 생긴 것이다. 그리고 행운이 찾아온다. 1845년 포의 시 'The Raven'이 출판되어 히트를 친다. 하지만 또 다시 불행의 까마귀가 날개를 펼친다. 2년 후 사랑하는 부인 버지니아가 결핵으로 죽는다. 나이 24세. 포는 무너진다. 마음은 텅 빈 공간. 고독의 바람이 휘어잡는다. 그리고 폭주.

그는 사랑하는 부인 버지니아, 그리고 보지도 못한 그리운 어머니를 위해 시를 짓는다. 애너벨 리. 두 순진한 남녀가 사랑에 빠진다. 너무나도 아름다운, 사랑 이상의 사랑이다. 하늘의 천사들도 부러워할 정도다. 그러자 찬 바람이 몰아쳐 그녀를 데려간다. 바다의 왕국에 그녀는 묻힌다. 하지만 그들의 사랑은 떼려야 뗄 수 없는 영혼의 관계이다. 아름다운 애너벨 리, 나는 당신 곁에 영원히 누워 있으리.

시 '애너벨 리'는 사랑의 서사시이다. 아프고 아름답다. 버지니아가 죽은 지 2년 후, 포는 1849년 볼티모어 길가에서 죽는다. 원인은 '뇌출혈(Congestion of the brain)'이지만, 어떻게 죽었는지 아무도 모른다. 사망진단서가 없어졌다. 많은 사람들이, 만취된 상태에서 옆에 있는 아저씨와 주먹싸움을 하다가 맞아 죽었다고 알고 있다. 그리고 죽고 난 다음 수채통에 던져졌다는 설도 있다. 애드거 앨런 포의 슬픈 인생은 그렇게 막을 내린다. 나이 40세. 그의 마지막 말. "Lord help my poor soul(주여, 나의 불쌍한 영혼을 달래주소서)."

그래서, 나는 포의 마지막 집을 찾아갔다. 내가 가장 사랑하는 시인을 기리기 위해서였다. 위치는 브롱크스 포드햄에 있고, 집 이름은 '포의 오두막(Poe's Cottage)'이라 불린다. 2층짜리 오막살이 집이다. 허름하게 낡은 집에 들어가자마자 마음이 뭉클해졌다. 좁은 부엌을 지나, 약간 넓은(약 5평) 응접실에 들어가면, 구석에 포의 책상과 작은 등, 그가 앉아 술을 마시던 흔들의자, 작은 방에 침대 하나와 의자 하나, 2층엔 좁은 방 2개, 그리고 버지니아가 즐겨 노래하고 치던 피아노. 이 초라하고, 검소하고, 아름다운 작은 집에서 나는 포의 불쌍한 영혼을 느꼈다.

안젤름 키퍼와 리언 골럽

Anselm Kiefer & Leon Golub

30년 전 미국 뉴욕 현대미술관(MoMA)에서 자극적이고 창의적인 대작(大作)을 보고 큰 감동을 받았다. 약 4미터 너비의 작품이었는데 폐허 같았다. 폭탄 맞은 듯한 황폐한 땅에 다섯 가닥 시든 풀이 오른쪽에 붙어 있었다. "야, 신기하네!" 감탄했다. 독일 작가 안젤름 키퍼(Anselm Kiefer)는 처음 듣는 이름이었다. 지금은 세계적 대가가 됐다.

많은 비평가가 그를 살아 있는 가장 훌륭한 작가라고 극찬한다. 작품 하나가 300만 달러 넘는 값에 팔린다. 이러한 대가가 뉴욕에서 전시회를 한다고 해서 친구인 화가 변종곤과 김희수를 데리고 갔다.

전시장은 메트로폴리탄 미술관 별관인 메트 브로이어

(Met Breuer) 미술관. 전시장에 들어서니 입구에 5미터 너비의 폐허가 걸려 있었다. 마치 잭슨 폴록이 캔버스 위에서 미친 춤을 춘 느낌이었다. 강력했다. 그런데 이번 전시는 작은 작품이 많았다. 대부분 60~70센티미터 크기여서 생각보다는 큰 감동을 받진 못했다.

키퍼는 주로 5미터, 10미터 되는 대작으로 유명하다. 작업 규모가 너무 커서 파리 외곽에 백화점 창고로 쓰였던 3300제곱미터 크기의 스튜디오를 공장 같은 작업실로 운영한다. 여기에서 조수들과 캔버스에 페인트를 뿌리고 납을 뿌리고 흙을 뿌린다. 그렇게 캔버스를 고문하는 작품들이 탄생한다. 주제는 과거 독일 나치에 대한 공포, 그리고 인간의 악몽과 파괴. 그는 말한다. "Without destroying, you cannot rebuild(파괴하지 않으면 재건할 수 없다)."

작품을 감상하고 미술관을 빠져 나오는데 2층에 아주 독특한 전시가 또 하나 있었다. 3~4미터 되는 캔버스가

액자 없이 너덜너덜 걸려 있었다. 그림은 폭력적이었다. 경찰이 총을 들고 사람을 밟은 모습, 개가 혓바닥을 내밀고 짖는 모습, 남자들이 화난 얼굴로 주먹을 휘두르는 모습. 그런데 색감은 라이트블루, 옐로, 민트 그린 등 아주 편안한 색감이었다. 작가 이름은 리언 골럽(Leon Golub). 2004년 82세로 죽은 미국 시카고 출신 아티스트다. 사회 부조리, 가진 자와 못 가진 자의 갈등, 헤어나올 수 없는 인간의 절망을 주제로 한 그림을 그렸다. 그가 액자를 일부러 안 한 이유는 캔버스 그 자체가 사람 피부를 상징하기 때문이다. 심지어 붓을 쓰지 않고 고기 써는 칼로 페인트를 칠했다고 한다.

골럽이 청년기를 겪은 1960년대는 베트남 전쟁이 있었고, 시민권 운동과 온갖 인권 데모가 폭발할 때였다. 유럽에서 오랫동안 활동했던 그는 특히 이탈리아 로마 예술에 큰 감동을 받았다고 한다. 인간의 권력 투쟁과 폭행. 어떻게 인간이 다른 인간에게 이렇게 잔인할 수 있는가? 결론은 인간은 개다! 아니, 개보다 못하다! 그리하여 골럽 작품에는 미친 개가 자주 등장한다.

그는 유대인 작가로서 생전에는 큰 성공을 못 거뒀다. 2001년부터 세계 미술관에서 그의 작품이 부흥하기 시작했다. 그는, 잔인하고 미친 세상에서 우리가 얼마나 미쳤는지를 그의 작품에 투영(投影)시켰다.

레너드여, 편히 쉬시라

Leonard Cohen

안타깝다. 지난 2016년 11월, 82세의 레너드 코헨이 침대에서 떨어져 죽었다. 자다가 죽은 셈이다. 시인·소설가·싱어송라이터인 레너드 코헨은 밥 딜런, 폴 사이먼과 함께 1960~70년대 대중음악의 세 기둥 중 하나다. 그는 암 투병 중이었다. 그는 생전 인터뷰에서 "죽는 것은 피할 수는 없지만, 불편하지 않게 갔으면 좋겠다."며 웃었다.

코헨은 1934년 캐나다 퀘벡주에서 유대인 부모 슬하에 태어났다. 어머니는 리투아니아 유대인 랍비의 딸이었고, 아버지는 옷 가게를 운영했으나 코헨이 아홉 살 되던 해 죽었다. 어머니는 집에서 항상 러시아 노래를 불렀고 아들이 작가가 되기를 바랐다. 코헨은 고교 때부터 동네 클럽에서 시 낭송을 했고, 대학교 때는 문학 클럽 회장을

레너드 코헨이 1968년에 살았던 뉴욕 첼시 호텔 입구에
팬들이 꽃과 촛불을 갖다 놓았다.

맡아 문학상을 받기 시작했다. 촉망받는 작가였던 코헨은 1957년 컬럼비아 대학교를 1년 다니면서 뉴욕의 매력에 빠져들었다.

그 역시 1960년대 회오리바람 같던 록과 포크의 에너지에 말려들지 않을 수 없었다. 1967년 뉴욕에서 그는 본격적으로 포크 싱어송라이터로 경력을 시작한다. 이미 유명한 캐나다 시인이었던 그는 앤디 워홀의 작업실 '팩토리'에 드나들기 시작했다. 이때 배우 겸 모델 니코를 만나 연인이 된다. 금발 미인 니코는 보헤미안의 여신이었으며, 밴드 '벨벳 언더그라운드'의 리더 루 리드와 함께 활동한 가수였다. 그렇게 코헨은 뉴욕 언더그라운드 스타들과 사귀며 록 스타의 첫 단추를 끼웠다.

이후 청순한 미모에 목소리가 천사 같은 주디 콜린스가 코헨의 노래 '수전'을 리메이크해 크게 히트를 친다. 그 뒤로 존 바에즈, 니나 시몬 같은 대가들도 코헨 노래를 녹음했다. 캐나다 시골에서 태어난 청년이 가장 인기 있는 시인이자 송라이터가 된 것이다. 이것을 목격한 명프로듀서 존 해먼드는 그에게서 화폐 냄새를 맡았다. 해먼드가 기획한 앨범 '송스 오브 레너드 코헨'은 당시 전 세계 지식인들의 찬가가 됐다. 특히 대학가에서 코헨은 영웅이었다. 밥 딜런이 정치적이고 풍자적인 시인이자 남자들의 가수였다면, 코헨은 깊은 바리톤 음성으로 사랑의 좌절과 인생의 허무를 노래한

로맨티시스트였다. 코헨은 그렇게 여자들의 남자(ladies' man)가 되었다. 그때 한국 여대생들도 코헨을 무척 좋아했다. 1969년엔 한 여대생이 코헨의 노래 '낸시'를 듣고 자살하기도 했다.

코헨의 최대 위기는 2005년에 찾아왔다. 매니저 켈리 린치가 코헨이 은퇴한 뒤 쓰려고 했던 500만 달러를 횡령한 것이다. 일흔네 살이나 된 할배 코헨은 어쩔 수 없이 세계 순회공연을 다시 시작해, 죽기 직전까지 공연했다. 세계 팬들에게는 큰 선물이었다. 나는 1988년 뉴욕 '더 리츠'에서 그의 공연을 딱 한 번 봤다. 예쁜 여자 코러스 2명과 4인조 밴드, 그리고 화려한 무대 장치나 조명도 없던 무대, 그의 깊고도 철학적인 바리톤이 환상적이었다. 레너드여, 편히 쉬시라.

The older I get, the surer I am that I'm not running the show.

나이가 들수록 나는 확신한다.
내가 내 인생의 지휘자가
아니라는 것을.
_ 레너드 코헨

록 스타
데이비드 보위

David Bowie

아니! 이럴 수가?

'소호(SOHO)'를 가려고 뉴욕 지하철에서 내리는데 역 전체가 데이비드 보위로 장식돼 있었다. 보위의 젊은 시절 앨범 표지 사진과 그가 쓴 글들이 지하철 벽을 장식했다. 50미터 길이 가드레일에 대형 초상화가 착시를 일으키며 눈을 자극했다. 지하철역 이름은 '브로드웨이―라파예트'. 보위는 마지막 20년을 이 근처에서 살다가 2016년 1월 간암으로 죽었다.

교통카드인 메트로카드에도 보위 초상화가 그려져 있다. 25만 장을 찍었는데 다 팔렸다. 2018년 브루클린 박물관은 'David Bowie is' 특별전을 열었다. 매일 표가 매진됐다. 예약은 필수. 한 젊은 여인에게 어떻게 보위를 좋아하게 됐느냐고 물었다. "보위는 색다른 록 스타, 화려하면서도 진실한 아티스트"라고 답했다. 도대체 데이비드 보위는 누구인가?

한국에서는 잘 알려지지 않았지만 유럽·일본·미국에서는 데이비드 보위에게 완전히 꽂힌 마니아 팬이 많다. 1947년생으로 런던 남부 출신이다. 어머니는 식당 웨이트리스, 아버지는 어린이집 봉사 활동을 하는 사람이었다. 어린 시절부터 미국 음악에 매료됐다고 한다. 리틀 리처드, 척 베리의 로큰롤이 그를 사로잡았고, 엘비스 프레슬리를 TV로 처음 접하고는 그에게 매료됐다. 가죽 재킷을 입고 기타 치며 몸을 흔드는

잘생긴 그의 모습! 보위는 결심했다. '나도 엘비스가 돼야지!'

보위는 그래픽 디자이너로도 일했다. 틈틈이 밴드를 하면서 정글 같은 로큰롤 세계에서 스타가 되려고 노력했다. 결국 1969년 'Space Oddity'라는 싱글이 차트에 오른다. 우주 비행사가 지구와 연락이 끊겨 행방불명됐다는 노래다. 미국과 소련이 우주 경쟁을 벌이던 시기. 딱 맞아떨어졌다. 그의 음악은 무섭지만 신비한 우주 시대의 찬송가가 됐다. 보위는 머리를 빨갛게 물들이고 우주복처럼 반짝이는 점프 슈트와 부츠를 애용했다.

고독한 젊은 세대의 고통을 노래했다. 그는 오래된 청바지를 입고 노래하는 1960년대 로커가 아니라, 화려한 최신 패션으로 몸을 치장한 글램 록(glam rock), 여자처럼 화장하고 아방가르드한 동작을 하며 우주를 연상시키는 신시사이저 사운드의 아트 록(art rock), 침을 뱉으며 옷을 찢어버리는 반항아 모습의 펑크 록(punk rock), 이 모든 장르의 개척자가 된다. 앨범 판매 1억 4000만 장. 나도 매디슨스퀘어가든에서 공연을 두 번 '목격'했다. 대단했다. 2만 2000명이 비트에 맞춰 춤추고 열광하는데 공연장 기둥이 무너지는 줄 알았다.

보위는 성 정체성도 혼란스럽다. 한때는 스스로 게이라고 했다가 '스트레이트'라고 정정했다. 첫 아내 앤지는 보위가 믹 재거와 연애했다고 말하기도 했다. 내가 보기엔 이 모든 게 스타덤을 위한 인기 작전인 것 같다. 그냥 쿨하게 보이려고.

브루클린 박물관 전시는 보위를 다룬 약 400개 그림, 비디오 그리고 충격적인 패션을 선보였다. 주로 칸사이 야마모토와 알렉산더 맥퀸이 보위를 위해 디자인했다. 먼저 열린 런던 빅토리아 앨버트 박물관 전시는 130만 명이 관람했다.

David

록 스타 데이비드 보위에게 헌사를 바치는 미국 뉴욕의 지하철역. 보위는 "10년 동안 뉴욕을 사랑하면서 살았으니 나는 뉴요커다!"라고 말했다.

Bowie

아라키 노부요시 사진전

Araki at Museum of Sex

누드 아트(나체 미술)는 고대 그리스 남녀의 벗은 몸에서 시작됐다. 미(美)와 페이소스를 인간의 육체로 표현했다. 우리가 호랑이나 코끼리의 아름다움을 감상하듯이, 나체의 미(美)에 감탄한 조각가나 화가들은 누드 아트로 조물주를 찬양했다. 누드 아트는 역사적·종교적인 이유로 발전했지만, 초상화나 장식 미술로도 발전했다.

피카소부터 모딜리아니까지, 누드 아트는 항상 뜨거운 주제였다. 심지어 어떤 일본 판화 작품들은 포르노에 가깝다. 그 옛날 17세기에 이런 작품들이 제작됐으니 놀라운 일이다. 19세기 사진기의 등장과 함께 누드 아트는 또 다른 차원으로 발전했다. 어떤 사람들은 '퇴보'라고도 말한다. 사진은 너무 사실적인 이미지를 묘사하므로 때로는 그로테스크할 수도 있다. 촬영 앵글과 조명에 따라 피사체인 몸이 우리 눈을 자극하는데, 사진가의 태도와 철학에 따라 누드는 신의 창조물이자 미(美)의 대상, 인간의 근본적인 욕망을 쏟아내는 성적(性的) 대상, 둘 다 될 수 있다.

나는 사진을 전공했기에 누드를 상당히 좋아한다. 풍경과 초상화도 좋지만 아름다운 몸매의 여자 누드는 상상의 세계를 열어준다. '인간이 이렇게 아름다울 수 있는가' 하고 감탄하게 된다.

20세기 초, 앨프리드 스티글리츠와 에드워드 웨스턴, 시노야마 기신과 헬무트 뉴턴은 여자의 육체를 욕망으로 표현했다. 그중에서도 뉴욕에서 활동한 작가 로버트 메이플소프의 1988년 뉴욕 휘트니 미술관 전시회는 미국을 떠들썩하게 만들었다. 직설적으로 원초적인 본능을 불러냈다. 모델은 주로 흑인 남자였다. 처음 갤러리에 들어서자마자 내 입이 딱 벌어졌다. '아니, 이렇게 과격한 작품을 휘트니 같은 세계적인 곳에서 전시하다니?' 믿기지 않았다.

메이플소프는 주로 동성애와 사도마조히즘을 다뤘는데, 재밌게도 '꽃' 사진도 아주 아름답게 잘 찍었다. 그는 록 가수 패티 스미스의 어린 시절 남자친구였다. 그들의 이야기는 스미스의 자서전 《저스트 키즈(Just Kids)》에 나온다. 게이였던 그는 1989년에 에이즈로 죽었다.

이러한 역사를 이어가는 충격적인 전시가 현재 뉴욕 성 박물관(Museum of Sex)에서 열리고 있다. 작가는 아라키 노부요시. 아라키 역시 말썽꾸러기 작가다. 어떤 작품은 너무 유치해 초보 같고, 어떤 작품은 고차원 아방가르드 누드다. 그는 1940년생으로 도쿄 지바대학 영상학과 출신이다. 한국을 너무 사랑해 1983년부터 자주 왔다 갔다 했다. 서울을 무대로 한국 여인들의 모습, 길거리 풍경을 찍은 화보도 냈다. 2002년 서울에서

전시회도 했다. 물론 수위가 심한 누드는 걸 수 없었다. 나도 초대를 받았지만 그때만 하더라도 너무 바쁜 음악가라 공연과 앨범 작업 때문에 참석하지 못했다. 후회스럽다.

'미완성 아라키(The incomplete Araki)'라는 전시회는 들어서자마자 충격을 받게 된다. 사진 속에서 두 다리가 밧줄로 묶인 여성이 '인간의 고향'을 그대로 노출하고 있다. 하이라이트는 누드 사진 수백 개가 목욕탕 타일처럼 빛을 반사하는 모습. 일본 전통 매듭 기술로 묶여 있는 모습이 신선하고 자극적이다. 워낙 색다른 전시라서 킥킥 웃는 여자도 있고 입을 벌린 채 쳐다보는 남자도 있다.

I want to make photographs
that maintain their
incompleteness,
I stop and shoot
before they become refined
or sophisticated.

나는 미완성을 좋아한다.
지나치게 다듬어지고 고민하기 전에
즉흥적으로 찍는 사진이 최고다.
_아라키 노부요시

장 미셸 자르의 전자음악

Jean-Michel Jarre

정말 공연 같은 공연을 오랜만에 봤다. 라디오시티뮤직홀에서 열린 장 미셸 자르의 최초 뉴욕 콘서트를 보러 갔다. 환상적이었다. 그는 관객 6000명을 우주로 보냈다. 슬프고 기쁘고 강력한 멜로디의 전자음악과 현대 미술의 극치라고 부를 수 있는 레이저 빔 쇼가 어우러졌다. 상상을 초월하는 광경이었다. 2000년 백남준과 노먼 발라드가 협연한 구겐하임 미술관 전시의 레이저 장치를 고차원 예술로 승화시킨 것이다. 나는 2시간 공연이 끝난 뒤 '어떻게 전자음악과 레이저 빔이 이렇게 사람을 감동시킬 수 있나' 하고 감탄했다.

전자음악가 장 미셸은 나와 동갑이다. 1948년 프랑스 리옹에서 태어났다. 어머니 프랑스 페조는 레지스탕스

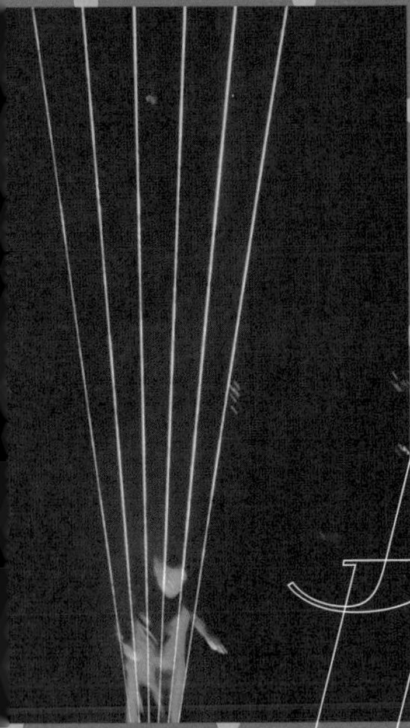

장 미셸 자르의 우주로 향하는 음악과
레이저 빔 쇼는 예술 그 자체였다.
오만한 뉴요커들도 고개를 숙였다.

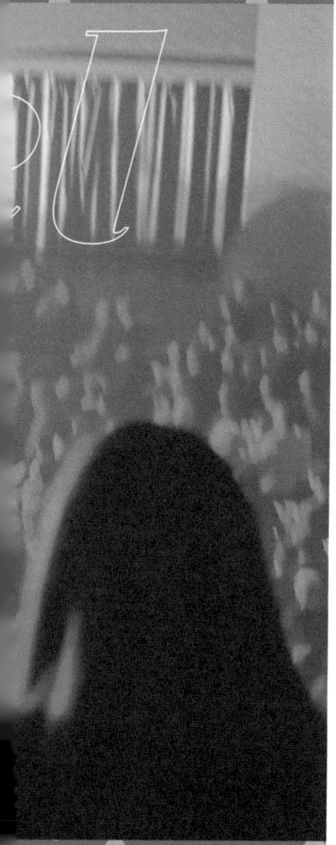

멤버였고 정치적 인물이었다. 아버지 모리스 자르는 20세기 최고의 영화음악 감독이었다. 그의 대표작은 '아라비아의 로렌스', '닥터 지바고', '인도로 가는 길' 등의 영화음악이다. 아카데미상만 3번 받은 그는 2009년 84세 나이로 세상을 떠났다. 이런 아버지가 장 미셸이 다섯 살 되던 때 가족을 버리고 할리우드로 떠난다. 어린아이는 고독과 그리움으로 아버지를 원망하면서 성인이 된다. 여기서 그의 로큰롤이 탄생했다. 그는 여러 밴드의 기타리스트로 활약하다가 전자음악의 미래를 발견했다. 1976년 파리 원룸에서 신시사이저로 녹음한 앨범 '옥시전'이 탄생해 큰 히트를 치게 된다. UK 차트 2위와 빌보드 차트 100위 안에 들었다. 전자음악으로는 처음이었다. 그 작은 방에서 녹음한 앨범은 지금까지 1200만 장이 팔렸다. 그리고 두 번째 앨범 '에퀴녹스'는 더욱 성숙해진 아트록의 정점을 기록한다. 나도 이때 처음으로 그를 알게 돼 그 음악에 매료됐다. 1979년 그의 에펠탑 공연에는 파리지앵 100만 명이 모였다. 기네스북 기록을 깬 것이다.

장 미셸은 결혼을 3번 하고 이혼도 3번 했다. 그중 자기 음악에 가장 큰 도움을 준 두 번째 아내가 영국 배우 샬럿 램플링이다. 램플링은 당시 화제작 '비엔나 호텔의 야간 배달부'의 주인공으로, 이 영화는 한국을 포함한 많은 나라에서 상영 금지된 사도마조히즘적 스릴러였다.

램플링은 장 미셸의 음악을 세상에 알리기 위해 지극히 헌신했다. 자신의 친구였던 누드 작가 헬무트 뉴턴이 '에퀴녹스' 앨범 뒷면 사진을 공짜로 찍어줬고, 남편에게 영화계 거물들을 소개시켜줬다. 하지만 장 미셸이 록의 슈퍼스타가 되고 여러 여성 팬과 바람을 피우자 결국 이혼했다. 그 이후로 램플링은 신경쇠약에 걸리게 된다. 당시 장 미셸의 연인은 배우 이자벨 아자니와 안느 파리요였다. 램플링은 현재 파리에서 고독하게 살고 있다. 그녀는 이렇게 말했다. "나는 사랑할 수 있는 짝이 필요한 짐승이다(I'm an animal that needs a mate)."

장 미셸 자르는 지금 최고의 부귀영화를 누리고 있다. 1981년엔 중국 베이징과 상하이에서 서양 록 스타로는 최초로 공연했다. 1997년 모스크바 공연에는 350만 명이 몰려 기네스북 기록을 갈아치웠다. 현재 중국 최고의 여자배우 공리와 열애 중이다.

음악은 신기루다.
_ 장 미셸 자르

핑크 플로이드 로저 워터스 콘서트

Pink Floyd-Roger Waters Concert

양호가 태어나던

2007년부터 5년간 아리랑 라디오에서 록 음악 프로그램 디제이로 일했다. 게스트 출연자들에게 항상 물었다. "당신이 가장 좋아하는 밴드는?" 이승열부터 토미 키타까지, 대부분 한국 록 스타들은 "핑크 플로이드"라고 대답했다. 나도 비틀스 다음으로 핑크 플로이드가 가장 창의적인 밴드라고 생각한다. 그런데 그 공연을 통 보지 못했다.

내가 '스피드 그래픽스'라는 스튜디오 매니저로 일하던 1990년, 뉴욕 매디슨스퀘어가든에서 공연한다는 소식을 듣고 퇴근하자마자 달려갔지만 2만 석이 매진됐었다. 핑크 플로이드는 워낙 무대 장치가 거창하고 소품을 많이 써서 공연을 자주 하지 못한다. 5년에 한 번 할까

말까다. 그러다 최근 뉴욕에서 핑크 플로이드 리더인 로저 워터스의 공연을 볼 수 있었다. 석 달 전 예매한 덕이었다.

1만 8000석짜리 공연장인 나소 콜리세움의 사운드와 영상은 완벽했다. 9명 밴드가 만들어내는 강력한 사운드는 그들의 앨범보다 더 훌륭했다. 조명 쇼와 시리아, 아프가니스탄 영상들은 인류가 지금 전 세계에서 저지르고 있는 악행을 되새겼다. 공연장을 가로지르는 벽돌 건물과 연기가 나오는 굴뚝이 등장했고, 트럼프를 야유하는 초대형 돼지 풍선이 떠올랐다. 공연 말미에는 피라미드 모양의 레이저 쇼가 절정을 이뤘다. 내가 좋아하는 곡 'Us and them'과 앙코르곡 'Comfortably numb'을 연주할 때는 1만 8000명 팬들이 모두 따라 불러 기막힌 화음을 만들어냈다.

핑크 플로이드는 2억 5000만 장의 앨범을 판 최고의 록 밴드다. 하지만 1985년에 리더였던 로저 워터스가 밴드를 떠난다. 여러 가지 소문이 있었지만 내 생각엔, 록 역사상 가장 창의적인 앨범 'The Wall'을 만들 때부터 워터스가 지나치게 독단적으로 행동해 다른 멤버, 특히 최고의 기타리스트인 데이비드 길모어와 싸웠고, 그것이 계기가 되어 밴드를 떠났을 것이다. 그후 수년 동안 '핑크 플로이드'라는 이름을 누가 쓰느냐 하는 상표권 다툼이 있었는데, 워터스가 졌다.

워터스의 부모는 둘 다 교사였고 아버지는 영국 공산당 멤버였다. 그러나 워터스가 5세 때 제2차 세계대전에서 전사했다. 그리하여 그의 음악은 상당히 염세주의적이고 정치성이 강하다. 물론 왼쪽으로! 그런데 음악은 너무나도 아름답고 연주자들을 각광받게 한다.

핑크 플로이드의 첫 리더 시드 바렛(Syd Barrett)은 마약, 특히 LSD를 너무 많이 해, 정신병자가 되었다. 공연을 할 때, 리드 기타인 데도 전혀 연주하지 않고, 음계 하나만 띠웅띠웅 했다. 할 수 없이 1968년 밴드 멤버들은 슬프게도 시드 바렛을 퇴출시킨다. 시드는 2006년에

60세의 나이로 죽는다.

이날 핑크 플로이드의 뉴욕 공연은 말썽이 많았다. 대낮부터 유대인 수백 명이 공연을 중단시키라고 데모했다. 그들은 워터스가 이스라엘의 팔레스타인 기지지구 점령을 반대하는 반유대주의자라고 주장했다. 워터스는 "강한 자가 약자의 땅을 차지하는 것은 불공평하다. 그것을 반대할 뿐, 반유대주의자는 아니다."라고 말했다. 이날 트럼프 지지자들도 함께 데모했다. 공연에 트럼프를 비하하는 영상과 글이 너무 많았다. 나도 조금 지나치다고 느꼈다. 록 콘서트인데?

워터스 공연은 무대 디자인과 소품에만 200만 달러를 썼다고 한다. 하지만 그는 이 공연으로 월드 투어를 하며 수천만 달러를 벌 것이다. 현재 그의 재산은 3억 달러로, 록 재벌 20위 안에 든다. 4번 결혼하고 4번 이혼했다. 뉴욕주 롱아일랜드의 브리지햄튼에 살고 있다. 한번 찾아가봐야겠다. 75세 할아버지 로커를 만나러!

아이웨이웨이 Ai Weiwei

지금 뉴욕에서는 대형 설치미술 프로젝트가 진행 중이다. 중국 미술계 대가 아이웨이웨이의 대형 조각들이 뉴욕시 곳곳에 설치돼 있다. 센트럴파크 입구, 그리니치 빌리지, 워싱턴스퀘어파크 입구, 퀸스의 플러싱메도우즈파크, 그리고 브루클린. 제목은 'Good Fences Make Good Neighbors'로, 시인 로버트 프로스트의 구절이다. 예쁘게 담을 쌓으면 이웃과 잘 지낸다는 뜻이지만 프로스트는 역설적으로 담이 필요없다고 강조했다. 한 기자가 아이웨이웨이에게 "혹시 이 제목이 트럼프 대통령에게 던지는 말이냐"고 묻자 그는 "맞다"고 대답했다.

이 미술 프로젝트는 2005년 대지미술가 크리스토가 센트럴파크 전체를 9만 9000제곱미터의 오렌지색 천으로 덮어버린 이후 가장 큰 미술 행위다. 뉴욕공공예술기금이 주최할 정도로 아이웨이웨이는 세계적 대가로 각광받고 있다.

아이웨이웨이는 1957년생으로, 아버지는 유명한 시인 아이칭이다. 마오쩌둥의 문화혁명 때 지식인으로 추방당한 인물이다. 아이웨이웨이는 성장 과정에서 엄청난 고난과 소외를 겪었으며, 1982년 뉴욕시에 입성한다. 빈민촌인 이스트빌리지(지금은 부촌이다) 지하 아파트에서 온갖 고생을 하며 뉴욕의 예술혼을 빨아마셨다. 나도 1966년 이스트빌리지에 살았는데, 그때 그를 못 만난 게 아쉽다. 앤디 워홀의 어처구니 없는 팝아트, 라우센버그의 네오다다이즘, 뉴욕 현대미술관과 구겐하임의 세계적 작품들이 아이웨이웨이에게 신선한 충격을 주면서 미술에 대한 그의 고정관념을 깨버린다. 특히 이때 1960년대 최고의 비트 시인인 앨런 긴즈버그와 친구가 된다. 긴즈버그 역시 아이칭을 늘 존경해왔고, 아이웨이웨이는 그를 통해 잭 케루악 같은 전위 시인, 밥 딜런과 짐 모리슨, 지미 헨드릭스 같은 사이키델릭 음악가를 소개받아 관념의 문을 넓혀갔다.

무엇보다 아이웨이웨이는 뉴욕 길거리에서 영감을 얻었다. 고통에 시달리는 마약 중독자들, 타임스스퀘어의 창녀들, 배고픔에 시달리는 노숙자들은 영감의 원천이었다. 아이웨이웨이는 센트럴파크에서 관광객들 초상화를 그려주고 생활고를 이겨냈다. 그리고 유명한 미술학교 아트 스튜던츠 리그(ASLNY)에 입학한다.

2008년 중국 스촨성 대지진 후 정부를 극심히 비난한 죄로 그는 뇌진탕에 이르도록 폭행을 당했으며, 4년 동안 가택연금을 당했다. 이후 여권을 다시 돌려받은 그는 세계적인 작품 활동을 하게 된다. 중국 정부도 최고의 대가를 더이상 가둬둘 수 없었다. 그는 2008년 베이징 올림픽 스타디움을 디자인한 사람이었다!

지금 뉴욕 미술계는 아이웨이웨이 열풍에 빠져 있다.

뉴욕 센트럴파크 입구의 대형 새장.
"우리 인간은 모두 새장에 갇혀
있다"는 의미다.

그가 감독한 다큐 영화 'Human Flow(인류의 흐름, 즉 지금 벌어지고 있는 지구의 난민 위기)'도 각광받고 있다. 베네치아 영화제를 비롯해 전 세계 영화제에서 특별 상영되었는데, 너무나도 감동적이고 슬픈 영화라 눈물을 흘리지 않을 수가 없다. 지금 지구촌 난민 6500만 명은 길 없이 움직인다. 가난한 나라에서 부자 나라로, 전쟁터에서 평화를 찾아서, 기후 변화 때문에 무더운 나라에서 차가운 나라로. 이러한 인류의 흐름을 어떻게 해결할 것인가?

We all bear
the responsibility.

이 문제는
인간 모두의 책임이다.
_ 아이웨이웨이

구사마 야요이 Yayoi, Kusama

저녁 뉴스를 보는데 괴상한 일본 할머니가 핑크색 가발을 쓰고 인터뷰하고 있었다. '도대체 저 정신 나간 할머니는 누구인가?' 알고 보니 일본 아방가르드 예술가 구사마 야요이였다. 뉴욕 첼시에 있는 데이비드 즈워너 갤러리에서 개인전을 열고 있단다. 너무나도 색다른 인물이라서 나는 첼시로 향했다. 첼시는 맨해튼 18번가에서 26번가 사이, 10애비뉴에 있다. 허드슨강 옆이고, 최근 10년 사이에 갤러리가 200개 이상 생겼다.

즈워너 갤러리에 가까워지자 건물을 휘어 감을 만큼 많은 뉴요커가 줄 서서 입장을 기다리고 있었다. '아! 이게 뭐야?!' 평일 아침 10시였다. 즈워너 갤러리는 우리나라 인사동 토포하우스보다 조금 큰데, 하루에

1만 명 이상 줄 서서 관람한다고 한다. 줄 서서 기다리는 시간, 약 2시간. 나도 1시간 반이나 강바람을 이기며 기다렸다. 도대체 구사마 야요이가 누구이길래?

갤러리에 들어가자마자 깜짝 놀랐다. 무한대로 들어온 기분이었다. 어떤 방은 거울과 유리를 이용해 끝없는 입체감을 느끼게 했고, 어떤 방은 프리즘으로 우주를 보는 느낌이었고, 또 어떤 방은 마루와 천장과 벽이 물방울 무늬로 장식돼 공간과 시간 속에서 헤매는 느낌을 주었다. 구사마의 주제가 시간과 공간이다. 그녀는 말했다. "나는 인간의 고통을 영원한 하모니로 옮기고 싶다."

구사마는 1929년 일본 나가노 부유한 사업가 집안에서 태어났다. 1957년 27세에 뉴욕으로 이주한다. 그리고 당시 활동하는 잭슨 폴락, 마크 로스코, 앤디 워홀과 더불어 1960년대 초현실주의와 팝아트 운동의 톱니바퀴가 된다. 특히 미국 최고 여류 화가로 인정받는 조지아 오키프와 친구가 돼 영향을 주고받았고, 뉴욕 화랑계의 큰 도움을 받았다.

그러나 그는 평생 동료 화가들의 그림자에 가려져 있었다. 세계적 각광을 받기 시작한 것은 2000년부터다. 잭슨 폴락과 앤디 워홀은 죽었지만 구사마는 살아 있었다. 초현실주의의 '사랑과 평화' 메시지를 이끄는 유일한 대가가 된 것이다.

그녀는 뉴욕에서 초현실주의 작가 조셉 코넬과 열애했다. 코넬은 그림자 박스의 대가다. 작은 박스에 여러 앙상블라주를 조합하여, 추상적이면서도 꿈속의 이미지를 재현하는, 아주 독특한 아티스트이다. 주제는 주로 새, 발레리나, 그리고 길거리와 벼룩시장에서 주은 소품들이다. 무척 섬세하고 전위적인 작품이었기에, 현재는 혼합-매체(Mixed Media)의 대가로 인정받는다. 코넬은 1972년 69세로 죽을 때까지 홀어머니와 불구자 동생을 보살피며 홀아비로 살았다. 구사마와의 연애는 육체적 관계가 없는 플라토닉 러브였다. 코넬은 한평생 여성의 아름다운 향기를 맛보지 못하고, 숫총각으로 죽는다. 구사마 역시 섹스를 혐오했다. 그녀는 말했다.

"섹스의 집념과 공포가 나를 사로잡는다."

구사마는 1977년 도쿄 신주쿠 정신병원에 스스로 입원한다. 이후 수시로 입원과 퇴원을 반복하며 계속 작품 활동에 몰두해왔다. 아직도 매주 6일씩 작품을 만들고 런던 테이트, 뉴욕 MoMA, 베네치아 비엔날레 같은 세계적인 박물관에서 전시회를 연다. 심지어 랑콤, 루이뷔통, 블루밍데일 같은 하이 패션계와도 디자인 합작을 하고 있다. 2014년 크리스티 경매에서 구사마 작품은 710만 달러에 팔렸다. 여류 화가로서는 최고 액수였다.

구사마가 이토록 서양 예술 애호가들의 사랑을 받는 이유는 무엇일까. 내 생각에, 수수께끼 같은 시간과 공간, 그리고 일본 특유의 익살스러움과 장난기가 불안과 공포에 시달리는 현대인들에게 하나의 오아시스를 선사하는 것 같다. 우리나라 안양 평화공원에도 구사마 작품이 있다.

If it were not for art,
I would have killed myself
long time ago.

예술이 없었다면,
나는 이미 오래전 자살했을 것이다.
_ 구사마 야요이

메이플소프, 사진계의 폭군 Mapplethorpe

메이플소프는 사진계의 폭군, 이단아, 동성 섹스 포르노 작가로 알려졌다. 또 호의적인 시선을 가진 사람은, 그를 동성 에로티카의 위대한 아티스트, 혹은 섹스 혁명의 개척자로 인정한다. 여하간, 메이플소프는 화젯거리이고, 논란의 대상이다.

이러한 사진계의 '체 게바라', 메이플소프의 사진 전시회가 구겐하임 박물관에서 열렸다. 전시회 제목은 'Implicit Tensions'이며, 약 60점을 전시했다. 모두 흑백. 절반은 유명인의 초상화이고 다른 절반은 꽃과 남자 누드이다. 페니스가 노출된 흑인 남자들이다. 너무나도 생소하고 파격적이다. 대부분의 남녀 관람객들은 부끄러워하기도 하고 놀라워서 못 본 척하며 그냥 지나간다.

나는 메이플소프 작가를 잘 아니까 으레 흑인 남자의 누드를 예상했으므로 놀라지 않았지만, 구겐하임 박물관에서 주류가 아닌 이단아 작품을 전시한다는 점에서는 놀랐다. 구겐하임은 어떤 곳인가? 자그마치 세계 최고의 수준을 자랑하는 박물관 아닌가?

나는 메이플소프의 작품을 1987년에 처음 접했다. 장소는 당시 5번가에 있던 휘트니 뮤지엄이었다. 이 작가의 악명이 워낙 높고, 또 사진계의 이단아로 알려졌기에, 뉴욕 상업 사진계에 종사하는 사진가로서 내 눈으로 꼭 확인하고 싶었다. 전시장을 들어서자마자 입이 딱 벌어졌다. 첫 번째 걸린 작품이, 흑인 남자가 백인 여자의 성기를 구강으로 애무하는 장면이었다.

아니! 이것이 가능한 일인가?! 자그마치 휘트니에서. 약 50점의 작품은 모두 흑백이었는데, 30×40인치 대형 사진들 대부분이 흑인 남자의 누드였고, 엄청난 사이즈의 페니스가 그대로 노출돼 있었다. 또 다른 20여 점의 작품은 아름답게 고급 액자에 담겨진 꽃 사진이었다. 주제는 끔찍했지만, 사진의 작품성은 일품이었다. 빛, 구도, 그리고 흑백 인화는 최고였다. 알고 보니 암실 작업은 메이플소프가 직접 한 것이 아니라, 최고 기술자가 작업한 것이었다. 첫날 시사회에 온 수천 명의 관람객들은 모두 입을 벌리고 놀라움을 금치 못했다. 아니, 'Unshockable New Yorker(쇼크를 받을 줄 모르는 뉴요커)'는 어디로 도망갔나? 뉴욕 타임스를 비롯한 모든 미디어가 "어떻게 이런 천박한 사진 전시를 할 수 있는가?" 하고 쏘아대는 등 비난의 폭풍이 일었다. 휘트니 뮤지엄의 큐레이터와 관장은 맹비난을 받았다. 딱 하나의 신문사, 반체제적이며 게이를 동정하는 《빌리지 보이스(The Village Voice)》만 극찬했다. "History Making Sexual Revolution(역사의 획을 긋는 섹스의 혁명)"이라고. 무명의 작가가 하루 만에 악명 높은 작가가 된 것이다.

그리고 전시가 뉴욕에서 신시내티 뮤지엄으로 이동할 때, 신시내티 주민들, 특히 학부모들이 비난과 함께 극심한 데모를 하여, 메이플소프의 작품 전시는 막을

내렸다.

메이플소프는 새로 얻는 악명을 즐기다, 1989년 AIDS로 죽었다. 43세. 록 스타 프레디 머큐리와 더불어, AIDS의 희생자가 된 것이다. 둘 다 게이였다. 그가 죽은 이후, 세계 여러 박물관에서 그의 작품을 조심스럽게 전시하기 시작했다. 독일을 비롯한 유럽의 몇 개 도시, 아시아에서는 유일하게 도쿄, 그리고 드디어 세계 최고 권위를 지닌 구겐하임까지.

메이플소프는 뉴욕 퀸스에서 1946년에 태어났다. 엄격한 가톨릭 집안으로, 아버지는 전기 엔지니어였다. 예술에 취미가 있어, 브루클린에 있는 뉴욕 프랫 인스티튜트(New York Pratt Institute)에서 그래픽 디자인을 전공했지만 중퇴했다.

메이플소프를 악명 높은 대가로 만드는 데 절대적인 도움을 준 두 사람이 있다. 첫 번째 인물은 펑크록의 여신이라 불리는 패티 스미스였다. 패티 스미스는 1946년생으로 뉴저지에서 대학을 중퇴하고, 뉴욕으로 이사했다. 도착 첫날, 미술생도 메이플소프를 만났다. 운명이었다. 그들은 브루클린에서 5년 동안 동거 생활을 하며 예술의 세계를 같이 펼쳐 나갔다. 패티는 아르튀르 랭보라는 프랑스 시인에 매료돼 있었다. "랭보는 내 오빠"라고 할 정도로. 그녀는 자신도 자기 오빠 같은, 위대하지만 비극적인 작가가 되고 싶어했다.

메이플소프는 미술 공부를 하다 그 역시 중퇴하고, 사진 예술에 매료되기 시작했다. 이때 월세와 생활비는 주로 패티가 책방에서 일하면서 감당했다. 가끔씩 월세를 못 내고 쫓겨나면, 길거리에서 노숙자로 생활하기도 했다. 패티는 자기 사랑, 로버트를 달랬다. "걱정 마! 랭보도 별 아래에서 잠을 잤어." 1960년대 말과 1970년대 초, 그들은 길가에서, 빈민촌에서, 뉴욕의 아스팔트를 기어 다니며 생존했다. 그러다 당시 최고의 언더그라운드 클럽, 맥시스캔자스시티(Max's Kansas City)와 CBGB에 들락날락하면서, 패티 스미스는 록 밴드 신곡에 가사를 작성하기 시작했고, 밴드 싱어로도 활약을 하게 된다. 그리고 강렬한 외모와 뛰어난 에너지 덕분에, 펑크록의 여신으로 인정받기 시작한다. 드디어 1974년 아리스타 음반사와 계약이 이루어져, 다음 해 'Horses'라는 첫 앨범이 발매된다. 앨범 커버 사진은 물론 자기 친구인 메이플소프가 찍었다. 멋진 흑백 사진으로. 그야말로 펑크록의 여신을 예언하는 포즈였다. 패티는 메이플소프가 죽기 전까지 그의 연인이자 절친이었다. 지금은 그의 작품을 전 세계에 전파하는 전도사 역할을 하고 있다.

2010년에는 메이플소프와의 뉴욕 생활을 드라마틱하게 그린 자서전 《저스트 키즈》를 출간해, 내셔널 북 어워드를 받을 정도로 사랑을 받았다.

나도 바로 사서 읽었다. 패티는 글솜씨가 뛰어났는데, 1960~1970년대를 묘사할 때 눈물이 날 정도로 뉴욕이 그리워졌다. 그 책은 한국어로 번역되어 출판될 정도로 세계적인 베스트셀러가 되었다. 한평생 돈을 걱정한 펑크록의 여신은 드디어 펑크록의 백만장자가 되었다.

두 번째 인물은 샘 웨그스태프(Sam Wagstaff)이다. 샘은 센트럴파크사우스에서 자란 부유한 집안 출신으로 예일 대학교 졸업자다. 뉴욕의 아트 큐레이터로, 특히 사진 예술을 견인하는 기수가 되었다.

1972년 51세인 샘은 어느 파티에서 당시 26세인 젊은 훈남 메이플소프를 만난다. 메이플소프는 돈과 유명세가 필요했고, 샘은 젊은 애인이 필요했다. 샘은 곧 자기 새 애인에게 소호의 큼직한 스튜디오를 사줌으로써 메이플소프의 작품 활동에 기름을 붓는다. 당시 돈 50만 달러(지금 돈으로 하면 300만 달러). 그리고 쉬지 않고 메이플소프의 작품을 뉴욕 미술계와 상류사회 인사들에게 적극적으로 알린다.

그리고 드디어 성공하여, 미국 미술의 최고봉인 휘트니 뮤지엄에서 단독으로 사진 전시회를 개최하게 된다. 사랑하는 애인을 위해 돈을 뿌리고, 엄청난 정치를 한 결과다. (예술가는 성공하려면, 돈과 후원자가 꼭 필요하다. 우리나라 예술가들은 전혀 이러한 도움을 받지 못하니, 성공하기가 무척 어렵다.)

샘은 메이플소프가 미술계의 대가가 될 무렵, 1987년 AIDS로 죽는다. 그리고 2년 후에 메이플소프도 AIDS로 죽는다.

구겐하임에서 메이플소프의 음침한 작품을 감상한 후, 워싱턴포스트의 쿠니오 타나베 기자는 이렇게 적었다.
"In the Darkroom of the Soul(영혼의 암실)."

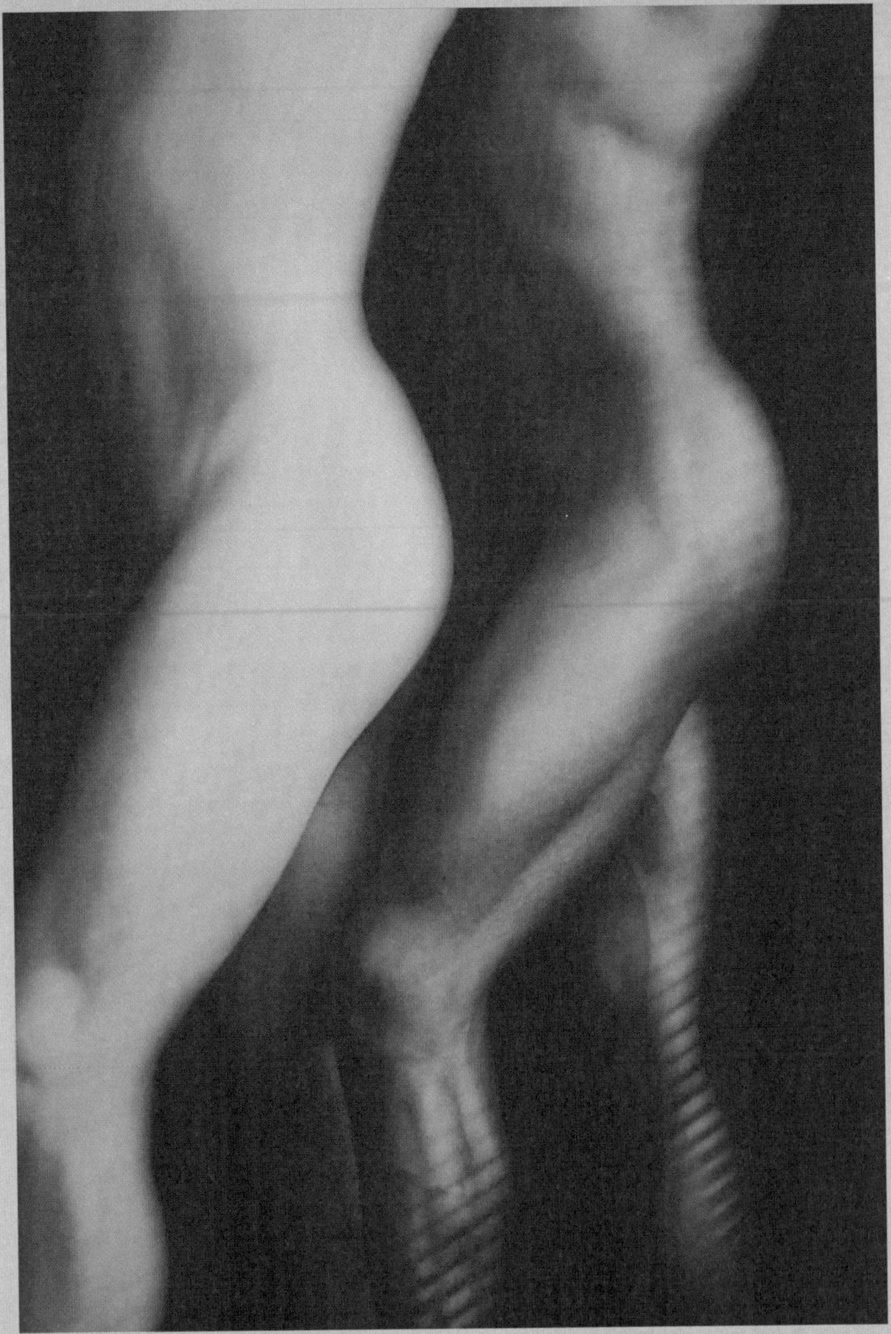

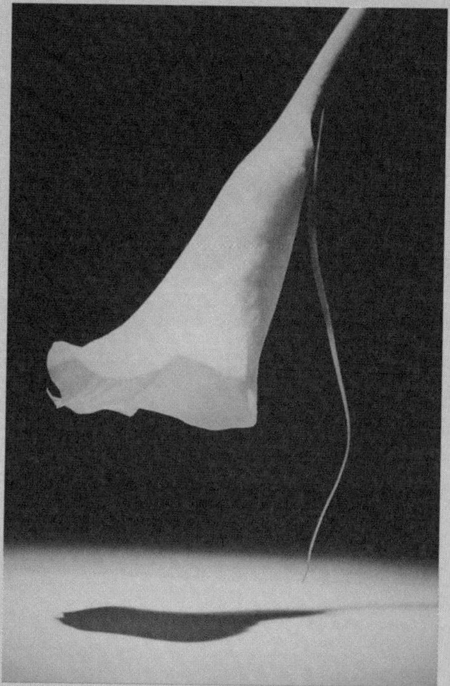

In the Darkroom of the Soul

Politics
Befriends
Intrigue

정치는
음모를
벗삼는다.

영화의 대가,
스탠리 큐브릭

Stanley Kubrick

뉴욕에서 사진학교에 다닐 때였다. 사진학교에 다니기 전에는 뉴햄프셔 주립대학교에서 수의학을 전공했었는데, 나는 전혀 수술을 할 수가 없었고, 소를 사랑했지만 소하고 한평생 살 생각이 없었다. 그냥 2학년 때 중퇴를 하고, 뉴욕으로 돌아와 사진학교에 입학했다. 우리 집안, 특히 할아버지한테서 난리가 났다.

"아니, 대수야. 조금만 참으면 수술도 할 수 있고, 졸업만 하면 우리 목장을 너에게 넘겨주려고 했는데…." 하고 분노하셨다.

그리하여 나는 사진학교 학비와 비싼 실습비, 장비 비용을 전혀 지원받지 못했다. 하지만 19세의 나는 고집도 세고, 세상 무서운 줄 몰랐다.

세렌디피티라는 고급 음식점에서 요리사 조수로 일하면서, 뉴욕에서 할렘 다음으로 가장 빈민촌인 이스트빌리지에 아파트를 구했다. 월세를 줄여야 학비를 낼 수 있었다. 방은 2개였고, 월세가 50달러였다(지금은 3000달러). 바퀴벌레는 나의 친구였고, 쥐는 나의 손님이었다.

사진은 1960년대 말에 상당히 인기 있는 전공 분야였다. 역사상 최초로 사진가, 록 스타가 대접을 받기 시작했다. 《보그(Vogue)》나 《하퍼스 바자(Harper's Bazaar)》의 하이패션 사진으로, 여러 페이지를 장식하는 리처드

에이브던(Richard Avedon), 어빙 펜(Irving Penn), 그리고 일본 작가 히로(Hiro). 이들은 우리 사진 학생들에게 선망의 대상이었다. 그리고, 당시 최고의 카메라 니콘 F를 목에 걸고 다니면, 여자들과 데이트하기도 쉬웠다. "Oh, you are a photographer?(당신 사진가야?)"

내가 다니던, 뉴욕 인스티튜트 오브 포토그래피(New York institute of photography, NYIP)는 미국에서 가장 오래된 사진학교였다. 1910년에 설립되어 위대한 사진가를 배출했다. 다큐멘터리 사진의 대가 W. 유진 스미스, 사이언톨로지의 설립자 L. 론 허버드, 광고 사진의 대가 데이비드 마이클 케네디, 그리고 한대수. 나도 졸업자 명예의 전당에 들어가 있다. Thank you!

사진학교를 다니는 데 돈이 너무 많이 들어갔다. 카메라와 렌즈 값은 물론이고, 확대기, 인화지, 약품 값, 그리고 필름 값이 너무 비쌌다. 나는 비용을 줄이기 위해 100피트짜리 영화 필름을 내가 직접 말아서 사용했다. 학비 내고, 월세 내고 혼자 자급자족한다는 것은 정말 힘들었다. 어린 나이에. 점심은 그냥 밀키웨이 초코바로 때웠다. 음식점에서 일했기에, 오후에 출근하자마자, 스테이크를 그릴에 던졌다. 모든 경비를 최소로 줄일 수밖에 없었다.

워낙 유명한 학교라, 전국에서 학생들이 몰려들었다. 그리고 동양인은 나하고 일본 학생 둘뿐이었다.

하루는 암실에서 열심히 인화하고 있는데, 옆에서 작업하던 학생이 나에게 말을 던졌다. "대수야, 너 이스트빌리지에 살지?" "그래, 왜?" "사실 나는 클리블런드에서 왔는데 지금 YMCA에서 묵고 있거든. 3개월 이상 못 있어. 혹시 너의 룸메이트가 될 수 있을까? 월세 반은 내가 낼게." 그러니 월세로 25달러만 내면 되는 것이었다. "그래, 그럼 한 달 실험해보자. 우리가 같이 살 수 있는지." 일주일 후에 그가 우리 아파트로 이사를 왔다.

그의 이름은 알 크로저(Al Crozier)로, 사진도 좋았지만, 훌륭한 시인이었다. 잭 크루악과 앨런 긴즈버그를 좋아했다. 미국 청년답지 않게 상당히 지적이면서도 영적인 성격의 소유자였다. "너는 왜 사진을 택했니?" 하고 물으니 이렇게 말했다. "나는 우리 아버지같이 포드 자동차 회사에서 로봇같이 일하지 않고 카메라와 펜을 가지고 세상을 누빌 거야."

어느 날, 집에 오자마자 흥분을 하며 말한다. "대수야! 이 영화 너하고 꼭 봐야 한다!" 알고 보니, 막 개봉된 화제의 영화 〈2001 스페이스 오디세이〉였다. 스탠리 큐브릭의 대작이었다.

큐브릭의 이름은 들었지만, 작품은 처음 보는 것이었다. 시작부터 웅장했다. 프리드리히 니체의 기념비적인 책 《짜라투스투라는 이렇게 말했다》를 바탕으로 한 작곡가

리처드 스트라우스의 명곡으로 시작했다.

호른 섹션이 과격하게 울부짖고, 팀파니가 천둥같이 내리치며, 원숭이가 인간 허벅지 뼈다귀를 내리쳤다. 인류 첫 번째 무기가 발명된 것이다. "God is Dead(신은 죽었다)."가 주제였다.

영화 장면 하나하나가 작품이었다. 배경, 색감, 조명, 모두 삼위일체가 되어 화면이 바뀔 때마다 미술 작품을 감상하는 기분이었다. 그리고 중간 장면에 주연 배우가 블랙홀에 빠져 온갖 색채의 터널을 통과하는 장면은, 전 관객들을 환각의 세계로 몰아넣었다. 이것은 영화가 아니고, 리추얼(종교적 의식) 실험이었다. 주제는 우주 여행을 무한대까지 하려는 인간의 야심. 컴퓨터가 너무 영리해져 인간과 대결하려는 심리전. 1968년에 큐브릭은 이미, 2001년도를 예언한 것이었다. 나는 지적인 영양분을 이렇게 과잉 만족시키는 영화는 처음 보았다. 이 영화 이전까지는 알프레드 히치콕이 최고인 줄 알았는데, 이제 나의 새로운 영웅이 생겼다. 큐브릭!!!

스탠리 큐브릭은 누구인가? 1928년 뉴욕 맨해튼에서 태어나고, 브롱크스에서 자랐다. 아버지 잭은 의사였다. 학교 생활은 전혀 신경 쓰지 않았지만, 그리스 로마 신화와 문학을 즐겨 읽었다. 야구를 너무 즐겨, 뉴욕 양키스의 열렬한 팬이 되었다. 열두 살 때, 아버지 잭이 큐브릭에게 체스를 가르쳐준다. 그리하여 체스는 큐브릭의 한평생 취미가 되고, 인생의 좌우명을 만들어준다. “체스는 나에게 인내심과 절제를 가르쳐줬다.” 너무 현명한 플레이어였기에, 14세 어린 나이에 미국 체스협회 회원으로 임명된다.

중산층의 부 유한 집안이었기에, 13세에 아버지가 생일 선물로 카메라를 사준다. 큐브릭은 새로운 세상을 발견한다. 이웃 아저씨 마빈이 사진가였고, 암실까지 보유하였기에, 그는 매일같이 사진을 찍고, 암실에서 필름을 현상하고, 인화하고, 사진에 미쳐버렸다. 학교는 한 학기에 56일 결석할 정도였다.

그는 고등학교를 졸업하자마자, 당시 최고의 라이프스타일 잡지 《LOOK》에 사진가로 일하게 된다. 《LOOK》은 《LIFE》 잡지의 라이벌이었다. 1940년대 후반부터 1950년대 초반까지, 그는 뉴욕의 이모저모, 인간의 고통과 환희, 뉴요커들의 일상생활을 드라마틱하게 렌즈에 담았다. 그의 사진 한 컷 한 컷에는, 인간미와 예술적인 요소가 풍겼다. 그의 사진은 앞날의 위대한 영화감독의 탄생을 예언했다.

사진의 한계와 영화의 무한성을 느낀 큐브릭은 곧 자가 비용으로 단편 영화를 만들기 시작한다. 온갖 투쟁과 시행착오 끝에 그는 드디어 할리우드에 진출한다.

그의 초기작 〈Path of Glory〉(1957)와 〈Spartacus〉(1960)가 대히트를 치면서 그는 영화감독으로서 명성을 얻게 된다. 두 영화 모두 당시 최고의 배우인 커크 더글라스가 주연이었다. 큐브릭은, 프로듀서들의 지나친 간섭, 할리우드의 지나친 상업성, 유명세를 중심으로 이어지는 비즈니스 분위기를 혐오하기 시작한다. 드디어 1961년 그는 할리우드 영화 산업과 작별하고, 영국으로 작업실을 옮긴다. 여기에서 큐브릭은, 시나리오에서부터 촬영, 편집, 심지어 예산까지 자기가 완전히 총괄하게 된다. 그리고 그곳에서 기념비적인 작품들이 탄생한다.

〈롤리타(Lolita)〉(1962), 〈닥터 스트레인지러브(Dr. Strangelove or: How I Learned to Stop Worrying and Love the Bomb)〉(1964), 〈2001: 스페이스 오디세이(2001: A Space Odessey)〉(1968), 〈시계태엽 오렌지(A Clockwork Orange)〉(1971), 〈배리 린든(Barry Lyndon)〉(1975), 〈샤이닝(The Shining)〉(1980), 그리고, 〈아이즈 와이드 셧(Eyes Wide Shut)〉(1999). 큐브릭은 죽기 바로 직전에 〈아이즈 와이드 셧〉의 촬영을 마쳤지만, 편집을 마무리하지 못한 채 죽었다. 조감독이 완성했기에, 〈아이즈 와이드 셧〉은 개인적으로 가장 불만족스러운 작품이다. 큐브릭의 모든 작품이 예술이다. 영화의 새로운 역사를 이룬 명작들이다. 꼭 보시기를!

이러한 영화의 대가 큐브릭의 사진 작품, 그러니까 영화감독이 되기 전에 《LOOK》에서 일할 때 찍은 작품을 뉴욕시티 박물관에서 전시한다고 해서,

한달음에 뛰어갔다. 1949년 컬러 사진이 탄생하기 전, 그가 찍은 사진은 모두 흑백사진이었다. 스틸 사진도 영화만큼 드라마틱하고 구도가 좋았다. 나는 개인적으로 사진 다큐멘터리의 대가 앙리-까르띠에 브레송보다 큐브릭의 사진에 더 큰 감동을 받았다. 사람들의 표정, 순간 포착, 빛, 그리고 구도, 모두 예술이었다. 스틸 사진을 공부하였기에, 영화를 촬영할 때, 장면 하나

하나가 완벽한 작품이 되었다.

큐브릭은 1999년, 나이 70세에 심장마비로 죽었다. 부인 크리스티안 큐브릭은 남편이 제일 사랑하는 작가 오스카 와일드의 시를 관에 넣었다.

The Tragedy of old age
is not that one is old,
but that one is young.

노후의 비극은 늙었다는 사실이 아니고,
아직도 젊다는 것이다.
_ 오스카 와일드

로큰롤의 몰락 Demise of Rock & Roll

나는 딸 양호를 통해서 최신 유행 음악과 패션을 접한다. 십대의 순수한 감각이 놀랍다. 그러나 항상 실망한다. 내가 자랄 때 접했던 음악보다 수준이 한참 떨어진다.

현재 최고 밴드라고 불리는 콜드플레이는 세계 투어로 500만 명 이상의 관객을 끌어모았다. 그리고 5억 달러 이상 벌었다. 하지만 음악은 정말 형편없다. 초창기 '옐로' 이후에 제대로 된 곡이 있는가? 그리고 리더 크리스 마틴은 무대를 어색하게 뛰어다니는데 그게 너무 촌스럽다. 그에게 충고하고 싶다. "크리스, 그냥 피아노에 앉아 노래하세요."

그리고 U2는 어떤가. 그들의 월드 투어는 700만 명 이상 모았고, 8억 달러 이상 벌었다. 어마어마하다.

하지만 음악은 내 기대치에 한참 못 미친다. 작곡도 그저 그렇다. 나의 어린 시절을 키워준 비틀스나 지미 헨드릭스, 도어스는 한탄할 것이다.

그러면 여자 쪽은? 비욘세는 수영복 모델인지 가수인지 알 수가 없다. 레이디 가가의 '포커페이스' 같은 초기 작품은 위대하다. 하지만 패션 충격에 너무 집중하다 보니 갈 길을 잃은 것 같다. 소고기 스테이크로 만든 드레스를 입고 나왔으면, 그다음은 무슨 의상을 입고 나올까.

지금 대중음악은 정치와 똑같다. 수준이 낮고 창의성이 없다! 하지만 "뭐니뭐니 해도 '머니'다." 내가 지금 깜짝 놀라고 있는 가수가 빌리 조엘이다. 슈퍼스타라고 인정은 안 했지만, 현재 미국 최고 최대의 무대인 뉴욕 매디슨스퀘어가든 공연에서 50회나 표를 매진시켰다. 이 공연장은 2만 석 규모다. 그러니 2만×50×120달러 = ? 도대체 계산이 안 된다. 물론 조엘은 대형 히트곡이 서너 곡 있지만, 이런 인기는 현 록 음악에 대한 대중의 불만이 아닐까. 나이 든 60세 이상 세대가 자기 청춘을 그리워하는 현상도 있을 테고.

빌리 조엘은 1949년생으로 나보다 한 살 적다. 아버지가 피아니스트이고, 롱아일랜드에서 고등학교를 다녔다. 하지만 음악에 너무 미쳐서 졸업을 하지 못했다. 나는 동시대에 옆 동네에서 학교 다녔는데 그때 잘

50회 연속 매진된 빌리 조엘 콘서트. 뉴욕 타임스에 전면 광고가 등장했다.

사귀어 둘 걸 후회스럽다. 하하! 조엘은 무엇보다도 록 스타의 필수 유전자인 유대인의 피를 지녔다. 비하하는 말이 아니고 존경의 뜻이다. 유대인 로커로는 밥 딜런, 바버라 스트라이샌드, 닐 다이아몬드, 폴 사이먼… 리스트가 끝이 없다. 그만큼 유대인은 한 민족으로서 자기의 위대한 예술가를 지원해준다. 성공할 때까지.

나는 빌리 조엘의 이 놀라운 인기에 박수를 보내며 엄청 부러워하고 있는 중이다. 공연이 끝날 때까지 2만 석을 매번 채우면 이 분야 역사를 완전히 새로 쓸 것이다.

U2

"형, 나 U2 콘서트 VIP 티켓 2장 있어. 갈래?" 친구 제이슨에게 전화가 왔다.

"말이라고 하니? 고맙다!"

U2는 내가 그다지 좋아하는 밴드는 아니다. 하지만 현재 록계에서 가장 성공적인 밴드이고, 40년 이상 지속적으로 히트곡을 발표하면서 큰 갈등 없이 뭉쳐 있다는 것이 놀랍다. 핑크 플로이드도 40년 만에 깨졌고, 그 위대한 비틀스도 10년을 못 갔다. 존경을 아니할 수 없다.

1980년대를 주름잡은 '건즈 앤드 로지즈(Guns N' Roses)'의 원년 멤버들은 6년도 못 버텼다. 이유는? 록 스타가 되려고 고생하고, 너무 가난해 피자 한 조각씩 먹으며 동고동락할 때는 잘 뭉친다. 하지만 갑자기 히트곡이 라디오로 나오기 시작하고, 전 세계 젊은이들이 밴드의 이름을 외치고, 마이너스 통장에 200만 달러가 입금되면 멤버들은 엄청난 변화를 겪게 된다.

세계 시장이라는 미국에서 한 번 히트하면 하룻밤 사이에 백만장자가 된다. 돈은 멤버들을 변화시킨다. 생활 방식이 달라지고, 예쁜 여자들이 유혹하고…. 돈은 멤버들을 이기주의 세계로 이끈다. '타협'은 없다. 왜? 나, 이제 백만장자 록 스타인데, 무슨 타협? 대부분 미국 밴드는 히트곡이 생기자마자 해체되는 경우가 허다하다. 이걸 '원 히트 원더(한 곡 히트하고 사라지는 현상)'라

부른다. 우리 가수 싸이를 두고 미국 평론가들이 이렇게 부르는데, 아니기를 바란다.

본론으로 돌아가서, 이렇게 험난하고 변화무쌍한 록계에서 U2가 큰 갈등 없이 반백 년 동안 공연하고 있다는 것은 놀라운 일이다. 음반 1억 7000만 장을 판매했고, 2011년 '360도 투어'로 록 역사상 최고 수입인 8억 달러를 벌어들였다.

백만 달러를 투자한 무대는 거창했다. 밴드가 연주할 수 있는 무대 두 개가 양쪽 끝에 위치했고, 가운데에는 리드 싱어 보노가 걸어 다니면서 노래할 수 있는 약 100미터 길이의 활주로가 있었다. 조명은 예술 그 자체였다. 밴드가 등장하자 2만 5000명의 팬이 아우성을 치며 4층짜리 공연장을 달구었다. 월드컵 수준이었다.

58세의 보노는 목소리가 우렁찼다. 나는 항상 기타리스트 에지의 실력이 모자란다고 느껴왔다. 에릭 클랩턴같이 손재주가 비상하지도 않고 그냥 리듬만 치는 것 같았다. 그런데 라이브로 보는 에지의 기타 연주는 위대했다. 그의 손놀림은 마술사 같았고, 기타 소리는 보노의 보컬을 기막히게 받쳐줬다. 드럼도 밑바닥을 든든하게 밀어주었다. 코러스도 키보드도 없이, 4명의 사운드만으로 공연장이 가득 찼다. 더 이상 아무것도 필요 없었다.

보노는 세계적인 인권운동가이자 에이즈 퇴치 활동가다. 공연 내내 인권에 대한 구호가 스크린에 자주 비쳤다. 이 중 가장 인상에 남는 구절은 이거였다.

"No one is equal, until everyone is equal(아무도 평등하지 않다, 우리가 모두 평등할 때까지)."

Peace on Earth, good will towards mankind.

세계엔 평화를,
인간에겐 사랑을.

NEW
YORKER

A|X

2
NEWS

ANCE
OWN

new york

talk about New York

뉴욕을 말하다

43rd
Fifth Ave
ONE WAY
ONE WAY
East 42nd St
NO TURNS
475 FIFTH AVENUE
NYPD
NYPD
POLICE

GRADUATE
TO A BETTER FUTURE
Berkeley College
BUS LANES
BUSES ONLY
BUSES ONLY & RIGHT TURNS
NO STANDING
X27
X28
X37
X38
Bay Ridge
Bensonhurst/Seagate
Bay Ridge
Bensonhurst
5 Av & W 44 St
ONE WAY
West 43rd St
ONE WAY
NO TURNS
NYPD
POLICE
#FDNY150

Celebrating my fr
to LOVE HOMELES
this year...
Please, NO

Education

내가 뉴욕에 돌아온 이유는 딱 한 가지다. 우리 딸 양호를 자유롭게 교육받게 해주기 위해서다. 내가 뉴욕에서 초등학교에 다닐 땐, 숙제도 없었고 친구들과 맨해튼 길거리에서 축구와 야구를 하며 놀았다. 그로부터 60년이 지난 지금, 양호 학교는 생각보다 숙제를 많이 내주고 경쟁도 심해졌다. 양호 담임 선생님을 찾아가 "선생님, 숙제가 너무 많아요. 어린애들은 놀아야지요. 세계 최고 교육을 자랑하는 핀란드에서는 숙제를 전혀 안 내줍니다." 하니, 선생님은 "미스터 한, 지금은 고차원 기술을 요구하는 하이테크 사회입니다. 경쟁도 당신 때보다 훨씬 심해졌습니다. 그리고 핀란드는 숙제도 없지만, 총기 사건도 없습니다." 라고 말했다.

나는 59세까지 내 음악에만 신경 썼다. 어떻게 하면 더 아름답고 의미 있는 음악을 만들 수 있을까? 이번 앨범엔 기타리스트 누구를 고용할까? 내 팬들을 어떻게 만족시킬까? 특히 친절한 여성 팬들에겐 어떻게 보답할까? 이런 생각으로 한평생을 보냈다. 그런데 59세에 갑자기 베토벤 5번 교향곡이 연주되었다. 단단난―단! 첫 번째 아이, 양호가 태어났다.

아이를 키우는 데 이렇게 많은 고통과 돈이 필요한지 처음으로 경험했다. 물론 말로 표현할 수 없는 기쁨과 환희도 있다. 만약 아이를 안 낳았다면, 내 인생은 반쪽이었을 것이다. 인류 역사가 BC(Before Christ)와 AD(Anno Domini)로 나뉜다면, 나의 인생은 BY(Before Yang Ho)와 AY(After Yang Ho)로 나뉜다. 양호를 낳은 뒤 처음 교육에 대해서 관심을 갖게 되었다.

우리 아이들은 공부를 너무 많이 하고 오래 한다. 대학교를 졸업하면 이미 23세, 군대까지 다녀오면 26세다. 나는 다행히 대학교를 중퇴했기 때문에 스무 살에 음악 데뷔를 했지만, 군대 때문에 첫 앨범 '멀고 먼 길'은 4년이나 늦어졌다. 요즘은 대학교는 기본이고 대학원에 진학하는 학생도 늘어났다. 심지어 박사학위 과정에 돌입하는 숫자도 늘어났다. 그러니 서른 살이 돼야 공부를 끝내고 자기 인생을 찾기 시작하는 것이다.

인생 70년을 살면, 나름대로 개똥철학자가 된다. 우리 세대가 가장 활발하고 창의적으로 활동한 때는 10대와 20대였다. 내가 작곡한 곡의 70퍼센트를 모두 이때 썼다. 최고의 작곡가로 알려진 비틀스와 폴 사이먼도 마찬가지다. 내가 만약 세계에 군림하는 교육부 장관이 된다면, 교육을 18세 때 끝내겠다. 청년들이 10대, 20대 때 충분히 인생을 경험하게끔 말이다. 여행하면서 지리학을 배우고, 일상생활을 하면서 철학을 배우고, 박물관을 관람하면서 미술을 배우고, 연애를 하면서 성(性)을 배우게 하고 싶다.

대학생들은 졸업과 동시에 엄청난 학자금 빚을

짊어지고 사회에 첫 발걸음을 딛는다. 얼마나 큰 스트레스인가? 뉴욕 주지사 앤드루 쿠오모는 뉴욕 시립, 주립대학교의 학비를 없애겠다고 선언했다. 그는 말했다. "우리 청년들이 엄청난 빚을 지고는 사회생활을 자유롭게 할 수 없다. 앞으로의 큰 이익을 위해서 학비 정도는 뉴욕 주가 부담해야 한다."

To know that
you don't
know takes
a lifetime
to know

모른다는 것을 아는 데
한평생 걸린다.

뉴욕의 노숙자 Homeless

어느 날 양호가 말했다.

"아빠, 나 도널드 트럼프한테 편지 썼어." "편지? 무슨 편지?" 내용은 이렇다.

"도널드 트럼프 대통령께. 나는 미셸 한이고 아홉 살이에요. 6월 1일은 내 10번째 생일인데 참석해주시면 고맙겠어요. PS12 초등학교에 다니는데 나는 숙제가 너무 싫어요. 내 숙제를 대신 해주면 고맙겠습니다. 내가 이 편지를 쓰는 이유는 노숙자가 너무 많기 때문이에요. 맨해튼을 걸어 다니다 보면 노숙자가 너무 많아요. 도와주고 싶어요. 군대를 보내서 뉴욕의 노숙자들에게 밥도 주고 돈도 주고 도와줄 수 있나요?"

놀랍다. 관찰력도 대단하지만 동정심과 사랑이 가득하다는 걸 느끼고 흐뭇했다. 현재 뉴욕시가 발표한 노숙자는 6만 1936명이다. 이는 노숙자 쉼터에 머무는 사람들일 뿐, 길거리를 헤매는 사람들은 아니다. 그들은 쉼터 규율이 너무 심하고 자유롭지 못하다고 아예 피해 다닌다. 내가 보기엔 20만 명은 될 것 같다. 1930년 경제 대공황 이후 가장 많다. 멋진 옷을 입고 브로드웨이 쇼를 보러 온 세계 관광객들 사이에서 길바닥에 쓰러져 구걸하는 모습을 보면 가슴 아프다.

내가 1960년대에 살던 때보다 20대 백인들도 자주 눈에 띈다. 천문학적인 뉴욕 아파트 월세를 못 내

쫓겨난 결과다. 사람들은 대개 말한다. "알코올 중독자 아니면 마약 중독자이니까 노숙자가 됐겠지." 하지만 그렇지 않다. 뉴요커가 노숙자가 되는 주 원인은 이혼과 해고다. 미국은 한국과 달리 자식들이 성인이 되면 바로 독립한다. 잘되면 좋고 못되면 할 수 없다. 노숙자 가운데 부유한 집안 아이들도 있다. 그러나 부모가 도와주지 않는다. 억만장자가 가장 많은 자본주의의 수도 뉴욕에 이렇게 비참한 노숙자가 많다니 놀라울 뿐이다.

처음 뉴욕에 도착한 관광객들은 깜짝 놀란다. "아니, 뉴욕에 웬 거지가 이렇게 많지?" 하고. 노숙자들이 거리 생활을 석 달 이상 하다 보면 정신질환을 앓을 수밖에 없다. 고독병에 걸리거나 생계 유지를 위해 범죄를

저지를 수도 있다. 이것 또한 큰 사회 문제다. 더블라지오 뉴욕 시장은 쉼터와 저렴한 월세 아파트를 더 짓겠다고 다짐하지만, 내가 지켜본 40년 동안 뉴욕시는 아직도 뾰족한 해결책을 못 찾고 있다.

마누라 옥사나는 모스크바에서 학교 다닐 때, 항상 서양 문화를 동경해왔다. 보니엠 같은 서양 음악, 크리스티앙 디오르 같은 서양 패션, 서양 여성들의 자유스러운 행동. 이것을 알아챈 선생님이 옥사나를 불러 뉴욕 노숙자 사진을 보여주며 "자본주의는 이기적 시스템이야. 이렇게 노숙자가 많아. 소련이 최고야." 하며 어머니를 데리고 오라고 했다. 결국 1988년 고르바초프 대통령이 페레스트로이카 정책을 발표하고, 소련 국민의 외국 이민을 허락하자 옥사나는 제일 먼저 뉴욕에 상륙했다. 그리고 나를 만났다. 맨해튼에서 데이트할 때마다 옥사나는 말했다. "노숙자가 너무 많아. 선생님 말이 맞긴 맞구먼."

뉴욕은 무서운 도시다. 약간 실수를 저지르면 노숙자가 될 수 있다. 아무도 도와주지 않는다. 옥사나가 증권회사 다니던 시절 그 회사 사장 조너선의 말이 생각난다. "당신 행동은 당신이 책임져야 한다(You are responsible for your own action)."

LGBT

Lesbian, Gay, Bisexual, Transgender

며칠 전 사진전을 보러갔는데, 화장실 입구에 “ALL GENDERS(모든 성적 취향)”라고 써 있었다. 몇 년 전부터 드문드문 음식점이나 미술관에서 보이기 시작한 표시가 점점 늘어나고 있다. 어쩌면 5년 후엔 MEN-WOMEN 표시가 역사가 될 수도 있겠다 싶다.

LGBT는 L(레즈비언, 여성 동성애), G(게이, 남성 동성애), B(바이-섹슈얼, 양성애), 그리고 T(트랜스젠더, 성전환자)이다. 동성애자(게이)의 정치적·경제적 파워가 막강해졌다. 미국의 사회적 리더 중에서 게이가 제법 많다. 팀 쿡, 칼 라거펠트, 조르조 아르마니, 캘빈 클라인, 마이클 코어스 등등. 패션계의 90퍼센트가 게이다. 음악계에는 엘튼 존, 조지 마이클, 보이 조지, 퀸의

프레디 머큐리가 있다. 우리 사회의 취향을 만들고, 세계적으로 영향을 미치는 아티스트들 상당수가 게이다. 수적으로 보면, 미국 인구의 약 4.5퍼센트가 성소수자라고 한다.

나는 게이를 접한 적이 많다. 내가 게이라는 게 아니고(나는 아직도 여자를 너무 좋아한다), 18세부터 세렌디피티라는 게이 음식점에서 일했고, LA에서 살 때 친한 친구(신부 출신의 사진작가)가 게이였으며, 전 부인이 패션계에 종사했기에 항상 게이 남자들이 베스트

프렌드였다. 게이들은 여자들의 말을 잘 들어주고, 수다 떠는 것을 즐겼다.

내가 경험한 게이들은 비교적 지적이고, 예술적이며, 패션 감각이 뛰어났다. 앤디 워홀, 프랜시스 베이컨 같은 대가들이 게이라는 것도 놀랍지가 않다. 주로 유럽과 미국의 백인 사회에 게이들이 많다.

2019년 1월 1일부터는 게이의 결혼이 완전히 합법화되었다. TV에 나와서 한 남자가 "내 남편 에디는 너무 사랑해서 결혼했어요." 하는 장면이 이제는 전혀 어색하지가 않다. 결혼 합법화의 큰 이득은, 부부로서 사회보장제도의 혜택을 받을 수 있고, 남편이 죽으면 정식으로 상속을 받을 수 있다는 점이다. 아이도 입양할 수 있다. 요즘 게이 커플들에게서 유행하는 라이프 스타일은 자신의 정자를 기증하여 대리모를 통해 아이를

사진 속 인물은 케이틀린 제너. 누군가 하면, 1976년 몬트리올 올림픽에서 신기록으로 10종 경기에서 금메달을 따낸 인물로, '세계 최고의 운동선수'라는 타이틀을 가진 사람이다. 바로 브루스 제너다. 그런데 189센티미터 되는 이 남성이 2015년 성전환 수술을 하여 여성이 되었다. 전 미국이 깜짝 놀랐다. 지금은 자신이 여자가 된 것이 너무 행복하다고 한다. 나이는 69세. 나는 이렇게 쇼킹한 인터뷰는 처음 보았다.

낳는 것이다. 물론 수만 달러의 비용이 든다. 캐나다의 어떤 마을은 20명의 대리모 클럽이 있어서, 기증된 정자를 이용해 아이를 탄생시킨다.

세상은 이렇게 빠른 속도로 변하고 있다. 서민들이 이해도 하기 전에 끌려가는 중이다. 사회적·도덕적·종교적 관점, 윤리, 이런 것들을 논할 시간도 없이 사회는 변하고 있다. 어지럽다!

지금 이 글을 쓰고 있는 이 순간 TV 모닝쇼에서 피터 부디저지(Pete Buttigieg) 인디애나 시장이 2020년 대선에 출마를 하겠다고 선언했다. 나이는 37세, 결혼한 게이다. 아주 똑똑하다. 이렇듯 세상은 급속도로 변하는 중이다. 모두 안전벨트를 채우시길!

I support gay marriage.
I believe they have a right
to be as miserable
as the rest of us.

나는 게이 결혼을 찬성한다.
그들도 우리같이 불행해질 권리가 있다.

_ **킨키 프리드먼** 미국의 록 가수, 작가

LEGALIZE
WHY LIE
NEED MONEY
FOR HERBS
PLEASE
JERSEY BOYS
ONE WAY
Levi's

오! 마리화나

Oh! Marijuana

지금 미국은, 마리화나 합법화 열풍에 빨려들어가 있다. 현재 캘리포니아주, 콜로라도주, 오리건주를 비롯한 10개 주에서 마리화나가 완전히 합법화되었다. 즉 동네 가게에 가서 돈 주고 살 수 있고, 집에서 즐겨 피울 수 있다는 말이다. 또 33개 주에서는 의료용 마리화나가 허용되고 있다. 예를 들어, 암 환자나 치매 환자들은 의사의 처방을 받으면 정부에서 생산하는 '마'를 구입할 수 있다. 이것은 큰 혁명이다!

청소년 시절, 1960년대에 미국에서는 처음으로 젊은이들 사이에 '마'가 유행했다. 당시에 법은 엄격했다. 피우다 경찰에 걸리면 12년 징역. 물론 록 콘서트에서는 다들 피웠다. 어떻게 2만 명을 감옥에 가둘 수 있겠는가!

하지만 가끔씩 재수 없는 친구들은 옥살이를 했다.

1960년대 록 음악을 논할 때 마리화나를 빼놓고 얘기하긴 힘들다. 1960년대 말은 포크와 록 음악의 르네상스였다. 아직도 도어스, 지미 헨드릭스, 레드 제플린, 핑크 플로이드 같은 대가들의 음악이 큰 영향을 주고 있다. 록의 두 기둥인 비틀스와 밥 딜런도 마리화나 피우면서 음악적인 변화를 꾀했다. 비틀스가 1964년 뉴욕에 상륙했을 때, 한 호텔에서 밥 딜런은 비틀스 멤버들에게 마리화나를 피우는 방법을 가르쳐줬다. 그리하여 비틀스는 여섯 번째 정규 앨범 'Rubber Soul' 이후로 사운드가 확 달라져, 사이키델릭 판타지로 탈바꿈한다.

캐나다는 2019년부터 전국적으로 마리화나가 합법화되었고, 우루과이에서는 수년 전부터 완전히 합법화되었으며, 남미 대부분과 네덜란드를 비롯한 유럽 국가에서도 빠른 속도로 합법화되고 있다. '마'를 피우면 바로 감옥에 수감되는 국가는 중국, 일본, 한국이다. 중국은 아편전쟁이라는 비극을 겪은 나라이고, 한국은 분단국가로서 마약법이 엄격하며, 일본은 1980년 '마'를 소유한 혐의로 폴 메카트니를 9일 동안 옥살이를 시킬 정도로 규제가 심하다.

미국이 갑자기 '마'에 대해 태도가 바뀐 가장 큰 이유는 '돈' 때문이다. 화폐. 미합중국 전체가 합법화될 경우, 연방 세금 수입이 연간 1320억 달러가 될 것이라고 한다. 그리고 덤으로 100만 명의 일자리가 만들어진다고 한다. 엄청나다!

또 다른 이익은, 미국 교도소에 빈자리가 현재 모자라기 때문에, 부담을 덜어준다. 총기 사고가 많이 나는 이 나라는 살인자를 가둘 공간이 모자라고, 마리화나를 피우고 판 사람을 가둬놓을 공간은 더더욱 부족하다. 마리화나 합법화는 정부 예산을 축소하는 일이라 할 수 있다. 그런데, 내가 보기엔 문제가 많다.

합법화되면, 우선 십대 아이들이 손쉽게 구할 수 있다. 내가 고등학교 다닐 때 불법이었는데도 우리는 경험했다. 같이 피우지 않으면 '왕따'당한다.

'마'에서 가장 큰 문제가 되는 것은 THC라는 화학성분이다. 뇌를 자극시켜, 기억상실에 걸리기 쉽다. 음악을 듣는 데는 끝내준다. 핑크 플로이드의 로저 워터스의 베이스 소리와 데이비드 길모어의 기타 소리가 가슴을 찢는다. 그림을 그리고 예술 활동을 하기에도 도움이 된다. 남녀가 사랑을 나눌 때에는 황홀의 극치로 이끈다. 하지만 '마'는 연기를 깊숙이 빨아서 3초 정도 멈춰야 되므로, 허파에 심한 무리를 일으킨다. 탄진폐증(Black Lung)이라는 병에 걸린다. 말 그대로 '검은 허파'가 되는 병이다.

개인적인 생각으로, 가장 큰 문제는 게으름뱅이가

된다는 것이다. 그냥 피우고 음악 듣고 혼자 도취되어, 아무것도 하기 싫어진다. 록 스타에겐 좋지만, 직장 생활을 하는 일꾼들, 그리고 공부해야 할 학생들에겐 치명적이다. 물론, 술의 경우 알코올 중독자도 많은데, 그럼에도 그냥 주기적으로 즐기며 직장 생활과 가정 생활을 열심히 잘하는 음주자가 더 많다. 마리화나도 그렇게 될 수 있지만, 아직 실험 단계라 알 수가 없다.

콜로라도를 비롯해 마리화나를 합법화한 주에서는 교통사고가 불법일 때보다 약 6퍼센트 늘어났다. '마'는 사람 몸과 정신 상태를 이완시키게 만들기 때문에, 마리화나를 피웠을 때 집중력이 필요한 일을 하면 안 된다. 이것도 고려해야 할 문제다. 미국은, 큰 도시를 제외하면, 대중교통도 모자라고, 차가 없으면 우유 한 병도 못 산다. 땅 덩어리가 너무 크다. 2~3일씩 달려도 끝이 없다.

뉴욕은 합법화되는 데 2년 정도 더 걸릴 것 같다. 원래 앤드루 쿠오모 주지사가 반대했지만, 전국적으로 불어오는 바람을 막을 수 없어 찬성으로 돌아섰다. 그리고 '화폐'가 필요하다. 특히 MTA 뉴욕 지하철 시스템이 무척 노화됐다. 1904년에 개통된 지하철이 가장 오래된 것이며, 규모도 최고 중의 하나다(24시간 운영). 철도에서부터 신호 스위치, 기차까지. 제2차 세계대전

이전의 시스템 그대로다. 지하철역은 지저분하고, 낡아빠져서 쥐가 기어다닌다. 스크린 도어가 없어서 가끔 철도 사고도 난다. 서울에서 온 관광객이 보면, 다들 기겁을 한다. 그런데 이 기념비적인 대규모 공사를 할 돈이 없다. 그래서 2년 내로, 뉴욕도 마리화나가 합법화될 가능성이 높다. 지금 벌써 맨해튼의 거리를 걸어가다 보면, 퇴근 때 마리화나 냄새가 코를 찌른다.

내가 보기엔, 마리화나 합법화엔 숨은 음모가 있다. 양극화와 빈부 차이가 더 극심해지면, 젊은이들이 폭동을 일으킬 수 있다. 미국에서만 해도 여러 도시에서 불만의 목소리를 담은 데모가 이루어지고 있다. 마리화나 합법화는 이러한 위험한 사태를 진정시키기 위한 수단일 수 있다. 그냥 마리화나를 즐겨 피우면서 음악이나 듣고, 섹스나 즐길 것이지, 부디 길거리에 나서서 데모하지 말라는, 이런 숨은 목적도 있는 것 같다.

When you smoke the herb,
it reveals you to yourself.

마리화나를 피우면,
당신 자신을 알 수 있다.

_ 밥 말리 자메이카 가수 겸 작곡가

I want to sue
my parents
because
I was born

내 부모님을 고소하고 싶다,
내가 태어났기 때문에.

〈가버나움〉 영화의 한 장면. 열두 살짜리 아이가 자신이 태어난 것을 원망한다.

Age of Lies

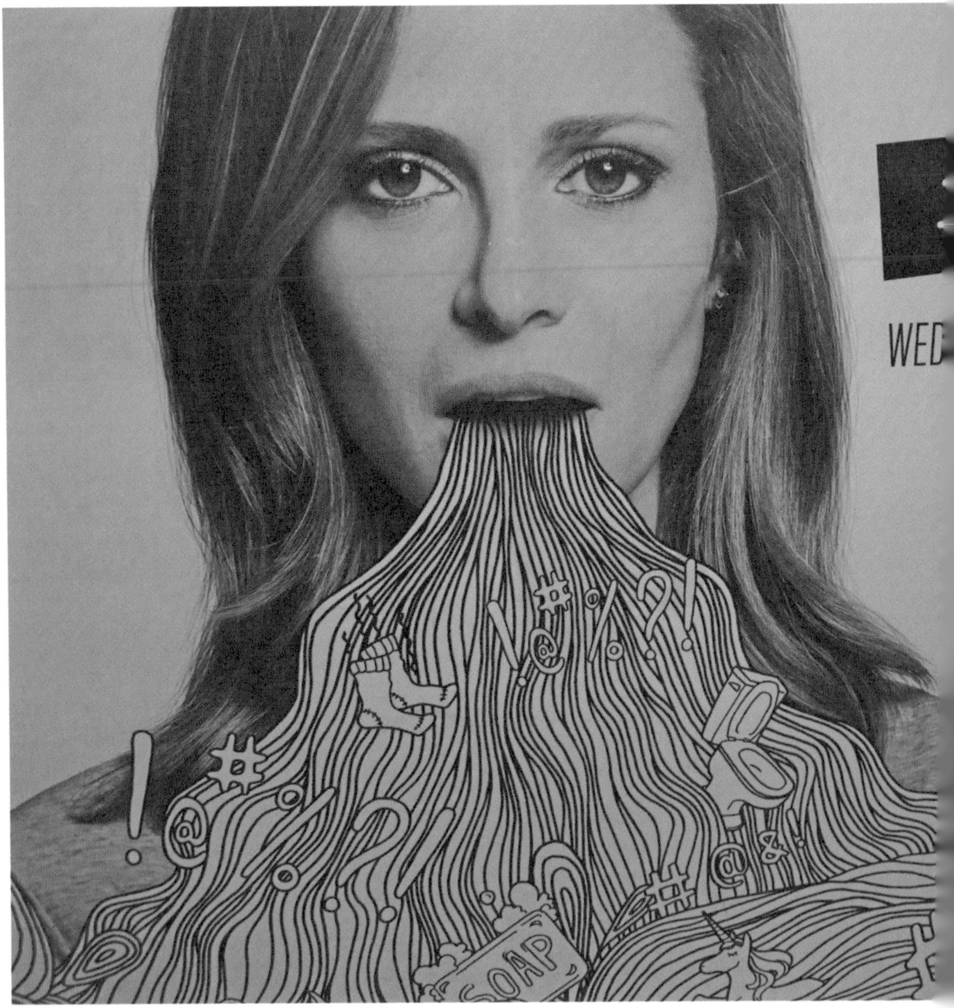

고맙게도 나는 가장 변화가 많은 시대를 살았다. 사진을 필름에 찍어 현상하고 인화해서 보는 시대와 지금의 디지털 시대. 바늘을 LP에 놓아 잔뜩 흥분한 채 최신 록 음악을 감상하던 시대와 스마트폰으로 손바닥 안에서 듣는 시대. 부산에서 서울까지 8시간 이상 걸리던 시대와 KTX로 2시간 30분밖에 안 걸리는 시대. 프랑스 파리가 아니라, 곧 우주로 신혼 여행을 갈 지금의 시대. 하지만, 가장 큰 변화는 인터넷이다.

30년 전만 하더라도, 나는 어머니의 눈물 자국이 배인 편지를 읽고 감동을 받았지만, 지금은 카카오톡으로 "잘 있었나?" 정도의 짧은 메시지를 받는다.

선과 악의 이중적인 인간 본성 때문에 인터넷은 환상적인 도구이기도 하지만, 악의 도구이기도 하다. 얼마나 많은 유명인들이 악플로 모욕을 당하고 스트레스로 잠을 못 이루고 있는가? 그것도 누가 썼는지도 모른다. 심지어 자살하는 스타들도 있다.

인터넷 세상에는 거짓말이 난무한다. 나에 대한 글들을 가끔 보면, 웃음밖에 안 나온다. 많이 틀리다. 가끔 틀리는 것은 치명적인 거짓말일 수도 있다. 내가 미국에 이민을 갔다? 나는 이민을 간 적이 없고 할아버지가 초청해 가족으로 따라간 것이다. 그리고 아버지를 찾아서 재결합한 것이지 이민은 아니다. 가끔

내가 해병대 출신이라고 한다. 나는 해병대에 지원할 만큼 용감한 사나이가 아니다. 해군에 입대해서, 구축함의 갑판부에 근무하다 군복무 말년에 참모총장실에 근무하면서 영어연설문 작성자로 일했다. 3년 3개월 동안 '빳다(기합)'를 계속 맞았다. 아직도 내 엉덩이뼈가 아프다! 그리고 나의 직장과 직위 경력은 3분의 1이 틀리다. 이렇게 약간 틀린 것도 팬들에게 큰 오해를 불러 일으킬 수가 있다. 하지만 계속 나오는 나의 기사에 대해 정정할 시간도 없고 필요성도 느끼지 못한다. 나의 태도는 "여러분, 즐겁게 떠들어대세요!"이다.

그러니, 나는 소셜 미디어에 나오는 모든 정보를 눈을 반쯤 감고 본다. 영국의 어느 아이비리그 대학교에선, 구글 정보를 바탕으로 논문을 쓰는 것을 금지한다고 한다. 제대로, 도서관에서 수십 권의 책을 비교하고 읽어야만 하는 것이다. 나는 도널드 트럼프를 무척 싫어하지만, 한 가지 역사적인 단어를 발명했다는 것은 인정한다. Fake News(가짜 뉴스). 소셜 미디어에 나오는 뉴스의 20퍼센트는 의심할 필요가 있다. 기자의 이름과 소속 신문사가 적혀 있지 않은 기사는 누가 작성했는지, 어떤 의도인지, 의심할 필요가 있다.

나는 스티브 잡스나 빌 게이츠, 그리고 마크 주커버그 같은, 현 세대의 영웅이라 불리는 인물들을 좋아하지 않는다. 역적이라고 생각한다. 인터넷이 우리의 생활을 너무 단순화시켰다. 그런데 인생살이는 그리 심플하지 않다. 말만큼 중요한 건 바디 랭귀지이다. "사랑해"라는 카카오톡 글과, 실제 그녀의 눈을 쳐다보며 "사랑해" 하는 것은 엄청난 차이다. 그녀의 표정, 그녀의 몸짓으로 진실성을 파악할 수 있다. 이제는 사랑도 문자로 하고, 헤어지는 것도 문자로 한다는 것이 아닌가? 나는 고등학교 때, 정숙이가 향수를 뿌려서 보낸 편지의 냄새를 맡으며, 그녀의 보조개 얼굴을 그리워했던 기억도 난다.

나는 제프 베조스도 안 좋아한다. 아마존이 지금 미국 전 지역의 백화점을 문 닫게 하고 있다. 우리 마누라도 좋은 옷이나 양호 신발을 보면 그냥 클릭해버린다. 그러면, 다음날 바로 도착한다. 세수하고, 옷 입고, 지하철 타고 나갈 필요가 없다. 하지만 나는 내가 살 카메라를 만져도 보고, 살까 말까 고민도 해보고, 세일즈맨과 농담도 하는 즐거움이 그립다. 어떻게 세상이 이렇게 메말라버렸는가? 현재 우리 모두의 인생살이가 클릭클릭으로 이루어진다. 그리고 양호와 친구들을 관찰하니까, 모두들 결정 장애를 겪고 있었다. 왜? 지나치게 가격 비교를 해야 하고, 색깔 종류도 많으니, 비교하고 비교하다 지쳐버리는 것이다.

우리는 컴퓨터가 발명되기 이전에도 잘 살았다. 약간 느리게 가고, 약간 느리게 대화하고, 약간 느리게 밥을

먹었다. 아무 문제가 없었다. 컴퓨터 시대가 오지 않을 수 없다고 생각은 했지만, 이렇게 빨리 우리 손바닥 안에 들어올지 어떻게 알았겠는가? 그리고 다음 단계는 무엇인가? AI(Artificial Intelligence). 방금 뉴스에서 보았는데, 일본에는 독거노인을 위해 같이 동거하는 AI 강아지가 고장이 나면, 장례식까지 해준다고 한다. 상당히 인기라고 한다. 영어 문구로, "Wake up and smell the flowers."라는 말이 있다. "일어나서 꽃의 향기를 맡아라."라는 말이다. 양호와 친구들이 과연 꽃의 향기를 맡을 시간이 있을지? 그리고 무엇보다 의지(will)가 있을지? 걱정이 된다.

폰맹

Phone Ignorant

나는 컴맹(computer ignorant)이다. 이제 겨우 이메일을 받고 보낼 정도이고, 은행 결제니 전자문서 발송이니 사진 첨부는 전혀 할 줄 모른다. 내가 무식하기도 하지만 컴퓨터 자체에 매력을 느끼지 못한다. 스크린 앞에서 3시간, 4시간씩 쳐다보고 있는 사람들을 보면 신기하다. 머리 안 아픈가? 걱정된다. 나처럼 일흔 나이에 컴맹 할배는 제법 있다. 하지만 대다수 사람들은 컴퓨터와 스마트폰이 없으면 일상생활을 못할 지경이다. 정부의 모든 시스템, 은행 운영, 지하철과 버스 같은 대중교통, 항공 교통 제어 등 생활의 모든 시스템이 컴퓨터에 연결돼 있다. 없으면 전 나라가, 아니 전 지구가 마비된다. 1940년 개발이 시작되어, 1993년 모든 컴퓨터 시스템이 윈도로 대중화됐다. 그리고 애플 아이폰이 등장하면서 인류는 손바닥 안에 컴퓨터를 들고 다니게 되었다. 10년도 안 돼 전 세계가 변했다. 생활 습관, 소비 행동, 정부 조직 그리고 무엇보다도 서로 의사소통하는 방식이 완전히 달라졌다.

지하철을 타면 90퍼센트의 사람들이 자기 스마트폰 스크린에 집착하고 있다. 이런 기술 혁명에 전혀 참여하지 않는 구석기시대 사람이자 구경꾼으로서 깜짝깜짝 놀란다. 나는 이 글도 손으로 쓰고 있다. 다 쓴 다음 마누라 옥사나가 스캔해서 PDF 파일로 만들어 이메일에 첨부해주지 않으면 어디에도 보내지 못한다. 마누라가 기분이 안 좋으면 원고 보내는 데 하루가 늦어질 수 있을 만큼 나는 컴맹이다. 이 시대를 따라가지 못하는 내가 바보라는 걸 알지만, 나는 스마트폰이 마치 거머리처럼 느껴진다.

다들 문자를 때린다. '어디 있어?', '뭐해', '빨리 와', '그만 헤어지자'. 이런 형식의 의사소통은 대화가 아니라고 생각한다. 인간의 대화에서는 상대방의 눈빛과 몸짓이 말과 똑같이 중요하다. 이런 간단한 문구로 어떻게 중요한 프로젝트를 의논할 수 있는가? 그리고 연애할 때 오해가 생기면 상대방의 감정을 풀 수 있는가? 헤어질 수밖에 없다. 나도 결혼 생활 27년 사이에 정말 많이 싸웠다. 그럴 때마다 절대 전화로 설명하지 않고,

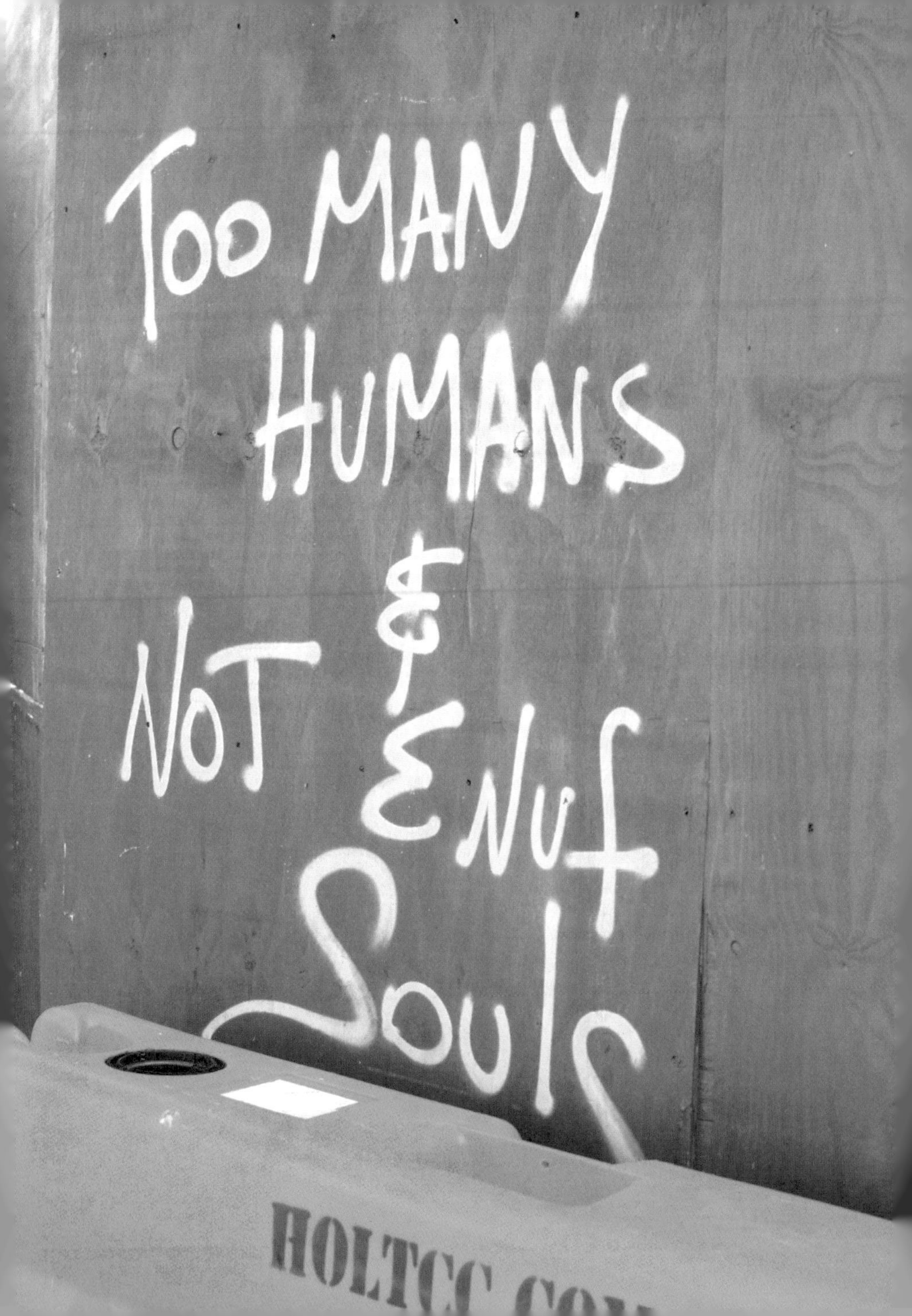
TOO MANY HUMANS
&
NOT ENUf Souls
HOLTCC

꼭 분위기 좋은 장소에서 내 입장을 차분히 설명한다. 그녀의 눈빛을 보며 "미안해, 사랑해." 하면 끝이다.

인터넷 혁명은 우리에게 많은 혜택을 주고 있다. 내 음악을 전혀 모르는 사람이 "저 사람 누구더라?" 하면서 내 눈앞에서 검색하는 모습도 종종 본다. 내 기분은 별로 안 좋다. 팩트를 대충 검색하는 거지 내 음악이나 철학을 느끼는 것이 아니다. 이런 식으로 얻어진 지식은 완전히 가짜, '얄팍한 지식'일 수밖에 없다.

너무 많은 것을 너무 빨리 얻을 수 있는 인터넷을 인간은 또 나쁘게 이용한다. 각종 금융 사기와 데이트 사이트도 그 해악들이다.

뉴욕 타임스 칼럼니스트 토머스 프리드먼은 말한다. "지금은 가속도의 시대(Age of acceleration)"라고. 디지털 기술은 인간을 소떼같이 끌고 간다고. 그래서 나는 앞으로도 지하철을 타고 친구들을 만나서 눈빛을 보며 천천히 대화하는 구석기 할배로 남을 것이다.

여기도 테러, 저기도 테러

Terror

지금 우리 인간은 지구에서
무슨 악행을 범하고 있는 건가? 테러, 테러, 테러….
지난주엔 런던, 작년엔 파리, 또 베를린에서도 테러.
어제는 이라크, 오늘은 아프가니스탄. 아무 죄도 없는
민간인이 무차별로 학살되고 있다. 복수의 잔혹한
순환은 끝을 모른다. 사람들은 이러다가 3차 세계대전이
일어나지 않을까 하고 염려한다. 내 생각엔 이미
3차 세계대전에 돌입한 것 같다.

3차 세계대전은 땅이나 금을 빼앗으려는 것도 아니고
공산주의 대 자본주의의 사상적 전쟁도 아니다.
이 전쟁은 종교 전쟁이다. 2001년 9·11테러를 시작으로
미국이 이라크와 아프가니스탄을 점령하면서
3차 세계대전이 시작됐다. IS도 전면전(All out war)을

무슬림 최고의 예배당인 블루 모스크 내부. 2009년 10월 터키 이스탄불에서.

선포했다. 세계 무슬림들에게 알라의 군사가 되어 수단과 방법을 가리지 않고 지하드를 수행하라고 명령했다. 무조건 서양인들을 죽이라고 했다. 그들에게 알라를 믿지 않는 불신자는 인간 이하의 동물이니까 죽어야 마땅한 존재다. 아랍어로는 카피르(Kafir)라고 한다. 인간을 가장 추악하게 표현한 단어다. 뉴요커들은 지하철을 탈 때도 주위를 살피고, 공연장이나 야구장에서 이상한 소음만 나도 도망간다. IS와 알카에다는 서양인의 삶을 완전히 바꾸어놓았다. 시립 도서관도 몸 검색을 받지 않으면 들어갈 수 없다.

미국 인구의 1퍼센트인 330만 명이 무슬림이다. 무슬림 여자들은 10세에서 19세 사이에 결혼하며, 평균 3~4명의 아이를 낳는다. 부유한 무슬림 남자는 아내를 보통 3명씩 거느린다. 코란에 따르면 부유한 남편은 아내를 7명까지 가질 수 있다. 그 대신 공평하게 사랑해야 한다. 그러니 자식 20명을 낳을 수 있는 것이다.

우리 아파트 관리인은 보스니아 출신 무슬림으로, 아이 10명을 가졌다. 그것도 한 명의 아내로부터. 이런 추세라면 2050년 미국 내 무슬림 인구가 770만 명이 될 것으로 보인다. 반대로 백인 여자들은 아이를 낳지 않는다. 백인은 줄어드는 인종이 아니고 사라지는 인종이다.

뉴욕의 무슬림은 약 80만 명이다. 파리나 런던보다는

적지만 그래도 엄청난 수다. 우리 동네에도 무슬림이 많기 때문에 친구로 지내야만 생존할 수 있다. 눈과 눈을 보고 대화하면 다들 착하고 좋은 사람들이다. 내가 워낙 농담도 잘하고 열린 마음으로 대해주니까 그들도 나를 친구로 대해준다. 평범한 친구로서 그들의 이야기를 들어봤다.

"대영제국이 인도와 중동을 약 200년 동안 점령하면서 망쳐놓았다. 특히 팔레스타인 땅에 이스라엘 정권을 수립했다. 지금은 미국이 이스라엘만 일방적으로 지원하고 있다." "서양인들은 무슬림 여자들이 얼굴과 몸을 가리는 부르카를 입고 다닌다고 비난하지만, 이것은 알라의 뜻이다. 백인 여자들은 발가벗고 다니며 뭇 남자를 유혹하지 않는가. 조금만 남편과 다투면 이혼하고 아이도 낳지 않는다. 이것은 알라의 뜻이 아니다." "어떻게 사담 후세인과 오사마 빈라덴을 무슬림 예식도 없이 그렇게 공개적으로 사형시킬 수 있는가? 우리가 좋아하지 않더라도 우리 민족의 리더였다. 그 분노와 보복심으로 IS가 탄생한 것이다. 지금 오사마의 아들 함자 빈라덴이 복수를 꾀하고 있다."

아휴! 무슬림 친구들 이야기를 들으니 도무지 탈출구가 없다. 협상의 탈출구도 놓쳤고, 평화 운동도 사라졌다. 과연 우리는 멸망의 밤으로 달려가고 있는가? "우리는 지구가 필요해도 지구는 우리가 필요 없다."

인도 파워

India Power

뉴욕의 바람을 즐기면서 장 보러 집을 나서다가 깜짝 놀랐다. 수천 명의 무슬림이 차도를 막고 앉아 기도를 하고 있었다. 여기가 뉴델리인지 뉴욕인지 분간이 안 되었다. 맨해튼에서 지하철로 15분 거리인 퀸스에서 이런 일이 벌어지고 있다니. 알고 보니 9월 20일은 이슬람의 가장 큰 기념일인 '아슈라'였다. 뉴욕시가 차도를 막고 기도를 하게끔 허가했다는 것도 쇼킹했다. 동네 주민 모두 놀라움에 입을 딱 벌렸다. 그만큼 인도의 파워가 커졌다.

인도인은 주로 힌두교이지만 14퍼센트가 무슬림이다. 수로 따지면 1억 7200만 명이다. 최근 20년 인도와 무슬림 국가인 파키스탄, 방글라데시, 스리랑카에서 많은 사람들이 미국으로 이민을 왔다. 이들 상당수가

무슬림 수천 명이 차도에 앉아 기도 모임을 열고 있다. 여기가 뉴욕이오? 뉴델리요?

뉴욕에서 살고 있다.

1980년대 말에 캘리포니아에서 뉴욕까지 하루 8시간씩 운전하며 대륙 횡단했을 때, 나는 매일 모텔 신세를 졌다. 하룻밤 18달러짜리 모텔이었다. 그런데 모텔 주인들이 절반 이상 인도인이었다. 알고 보니 미국 모텔업의 절반은 인도인이 장악하고 있었다. 특히 파텔 가족은 인도 재벌 그룹이다.

내가 50년째 쓰고 있는 아메리칸 익스프레스 신용카드

고객센터에 전화를 하면 뭄바이에 있는 인도 직원이 답을 한다. 신용카드 고객센터를 인도로 옮긴 것이다. 어느 날 이가 아파 동네 치과에 갔는데 의사가 인도 사람이었다. 치료도 잘했지만, 인도인이어서 또다시 놀랐다. 뉴욕에 있는 시립병원 의사 가운데에서도 인도인이 많다. 구글이나 애플 같은 첨단 기술 회사의 컴퓨터 엔지니어 중에도 인도나 파키스탄 출신이 많다. 구글의 현재 CEO는 인도인인 순다르 피차이다. 2015년 창립자 래리 페이지를 대신해 그 자리에 올랐다. 이만큼 인도 파워가 전 미국에 영향을 주고 있다.

인도인이 미국에서 성공한 비결은 다음과 같다. 첫째, 교육열이 대단하다. 미국 내 인도 교포 70퍼센트가 대학 졸업자다. 백인은 겨우 28퍼센트가 대졸이다. 퓨리서치라는 회사에 따르면, 인도인들은 주로 과학이나 공학 쪽에 종사하며, 평균 연봉은 8만 8000달러이다. 전국 평균 연봉 4만 9000달러의 두 배에 가깝다. 그리고 인구 증가율이 대단하다. 우리 동네만 봐도 인도인 부부는 아이를 5명씩 낳는다. 적게 낳으면 3명이다. 종교적으로 피임하지 못하게 돼 있다. 돈도 잘 벌고 라이프 스타일이 가족 중심이다.

2000년대 초만 해도 미국에서 중국인이 가장 활발한 소수민족이었지만 지금은 인도인이다. 모두 영어를 잘하고, 100년가량 영국 지배를 받으며 살아남은 터라

서양의 생활 방식에 빨리 적응한다. 머리도 좋다. 이제 인도 파워가 미 대륙에 상륙했다. 20년 후엔 인도인이 뉴욕 시장을 할지도 모른다. 런던 시장은 이미 사디크 칸이라는 파키스탄인이지 않은가. 백인 인구는 계속 줄어들고 있다. 1950년 90퍼센트였던 미국 내 백인 인구가 2010년 이후 70퍼센트 이하로 내려갔다. 반면 인도, 파키스탄, 방글라데시 같은 남아시아 인구는 계속 증가하고 있다. 민주주의가 무엇인가? 숫자다! 아이를 안 낳으면 멸종이다!

총 Gun

'아, 넘어지면 안 되는데…'

하고 생각했는데, 넘어졌다. 최근 맨해튼 건물들 앞에 1톤짜리 콘크리트 블록들이 세워져 있어 사진 찍다가 사고가 난 것이다. 왼쪽 갈비뼈를 다쳤다. 숨도 못 쉬겠다. 웃지도 못한다. 화장실 가는 것은 에베레스트 등산 수준이다. 세상만사가 귀찮다. 나이 70세에 사고 나면 낫는 데 너무 오래 걸린다.

자살폭탄 테러에 이어 유럽과 미국 대도시는 지금 차량을 이용한 테러(vehicular terror) 공포에 시달리고 있다. 차를 몰고 인도로 돌진해 최대한 많은 보행자를 죽이는 테러다. 잔인하도다! 뉴욕의 명소인 타임스스퀘어와 엠파이어스테이트빌딩 그리고 수많은 박물관 앞에 콘크리트 요새가 만들어졌다. 아름다운 뉴욕시가 포트

뉴욕시가 요새로 변했다. 엠파이어스테이트빌딩 앞 콘크리트 블록과 완전 무장한 경찰들.

뉴욕 시티(Fort New York City), 군사기지가 된 것이다. 도대체 십자군 전쟁이 언제 끝났는데 아직도 종교 전쟁인가?

테러보다 더 큰 문제는 대규모 학살이다. 4명 이상 무차별로 죽이는 총기 사건이 빈번하게 벌어지고 있다. 전 뉴욕 경찰청장 레이먼드 켈리에 따르면, 무차별 총기 사건이 미국에서 2주에 한 번씩 일어나고 미국인들이 보유한 총기는 3억 정에 달한다고 한다. 미국 인구 3억 2500만 명 대부분이 총기를 가진 셈이다. 정말 어처구니없는 팩트다.

고등학생 시절, 나의 미국 의붓형제(아버지가 미국 여자와 재혼했다) 집에 갔는데 총을 10개 이상 유리 상자에 전시해놓고 있었다. 그에게 "존, 총이 왜 이렇게 많아?" 하고 물으니 "대수야! 이 총들 정말 아름다운 작품이지 않니?" 하고 눈빛을 반짝거렸다. 마치 내가 기타나 카메라를 자랑하듯이 흥분했다. 그때 큰 쇼크를 받았다.

2017년 라스베이거스에서 58명의 사망자를 낸 총기 난사 사건과 2016년 플로리다에서 49명의 사상자를 낸 사건 때 시민들은 "총을 없애야 한다"고 고함질렀지만 아무 소용이 없었다. 법을 고치지 못하기 때문이다.

미국 수정헌법 제2조에 "시민들이 총기를 보유할 수 있는 권리는 절대 제한할 수 없다(The right for the people to keep and bear arms, shall not be infringed)."고 돼 있다. 이 헌법 구절을 고칠 수 없다는 것이다. 대영제국과의 독립 전쟁을 성공적으로 이끈 조지 워싱턴, 토머스 제퍼슨, 벤저민 프랭클린 같은 건국의 아버지들의 피와 땀과 눈물을 모욕하는 행위라는 뜻이다. 또 무자비한 독재자가 등장하면 시민들이 스스로 인권과 자유를 보호해야 한다는 뜻이기도 하다.

그리고 무기 산업이 문제다. 2013년 기준으로, 전 세계 무기 산업은 총 1조 8000억 달러 규모이며, 그중 54퍼센트의 매출이 미국 몫이다. 미국 인구의 10퍼센트가 무기 산업에 종사한다. 어마어마한 수다. 이렇게 돈 많이 버는 산업을 어떻게 포기할 수 있겠는가. 그렇다고 우리의 생명을 행운과 하늘에 맡길 것인가. 점점 악해지는 인간의 본능과 인터넷으로 세상은 더욱 추해지고 있다.

내가 어릴 때 어른들이 말했다. "총으로 세운 나라, 총으로 망한다." 미국이 망한다고 기뻐할 이유는 없다. 미국은 전 세계 인종과 종교가 200년 이상 큰 충돌 없이 공존하고 있는 유일한 나라다. 미국은 전 세계 축소판이다. 미국이 망하면 세계 평화가 깨진다.

An eye for an eye, will make the whole world blind.

눈에 눈으로 복수하면
전 세계가 눈멀게 될 것이다.
_ 마하트마 간디

뉴욕의 악몽, 지하철

'Nightmare' Subway

12월의 뉴욕은 여름 못지않게 관광객으로 붐빈다. 이유는 타임스스퀘어의 연말을 보기 위해서다. 특히 한 해 마지막 날 거대한 공이 떨어지는 카운트다운 행사에는 약 200만 명이 몰린다. 라디오시티뮤직홀의 로케츠 쇼, 록펠러센터의 세계 최대 크리스마스트리, 마차를 타고 하얀 눈 담요를 덮은 센트럴파크를 달리면 장관이 따로 없다. 모든 유명 백화점이 크리스마스 세일을 한다.

하지만 '뉴욕의 발' 지하철은 최악이다. 정시 도착·출발률이 65퍼센트밖에 안 된다. 세계 도시 중 꼴찌다. 항상 브레이크 고장, 신호등 고장, 에어컨 고장, 철로 보수…. 하루에도 몇 번씩 안내 방송이 나온다. "신사 숙녀 여러분, 미안합니다. 브레이크가 고장 나 이 열차는

더 이상 운행하지 않습니다. 모두 하차해서 다음 차를 타세요." 그러면 수천 명이 "오 마이 갓" 하며 내리고, 출근이 또다시 늦어진다.

현재 뉴욕 지하철은 매일 570만 명을 태운다. 요금은 2.75달러(약 3000원), 왕복 5.50달러(약 6000원)이다. 570만 달러×5.50달러 = 3135만 달러. 이 엄청난 수입이 어디로 가는가? 철로 수리도 제대로 안 한 뉴욕 지하철은 서울 지하철에 비하면 구석기시대 차량 같다. 청소는 아예 안 하는 것 같다. 에스컬레이터는 항상 고장이다. 이유가 무엇인가. 여러 이유가 있겠지만, 지하철 노조의 힘이 센 것이 한몫한다고 본다. 시민의 발을 잡고 있다는 걸 이용해 엄청난 권력을 과시하고 있다.

맨해튼은 전 세계 도시 중 가장 많은 인구가 출퇴근하는 곳이다. 강 건너 뉴저지주에선 하루 40만 명이 출퇴근한다. 출근길은 조지워싱턴 다리 하나와 터널 두 개뿐이다. 통행료는 15달러. 이 돈은 또 어디로 가는가? 1927년에 지은 조지워싱턴 다리 하나로 지금까지 버티고 있다는 것은 말이 안 된다. 내 생각엔 뉴저지에서 뉴욕을 연결하는 다리는 최소 5개가 돼야 교통량을 소화할 수 있다. 내 친구인 천재 음악가 에디는 뉴저지에서 월스트리트로 출근하는 데 2시간, 퇴근에 1시간, 하루 3시간씩을 허비한다.

1980년 에드 카치 시장 때 대규모 교통 파업이 있었다. 3만 4000명의 지하철·버스 근로자가 일손을 놓았다. 그들은 봉급을 30퍼센트 올려달라고 했다. 카치 시장은 "너희, 정신 나갔어? 그러면 뉴욕시가 파산해!"라고 말했다. 카치 시장은 외쳤다. "뉴요커들! 우리 지금부터 걸어 다닙시다!" 자기도 브루클린 다리를 걸어서 시청으로 출근했다. 우리 모두 걷기 시작했다. 나는 직장이 걸어서 1시간 거리여서 큰 불편이 없었다. 게다가 32세 싱싱한 청년이었다. 게다가 4월이었다. 아름다운 뉴욕의 봄을 만끽하고 워크맨에서 흘러나오는 음악을 즐기며 윈도 쇼핑도 하고 멋쟁이 여인들의 치마 구경도 했다. 다행히 10일째 파업은 해결됐다. 30퍼센트가 아닌 9퍼센트 인상으로 끝났다. 당시 카치 시장의 인기는 최고였다. 지금 뉴욕 퀸스버러 다리는 에드 카치 다리로 불린다.

Express
Local

아마존 Amazon

"Courage is being scared to death -
but saddling up anyway"
ROUTE
US
66
"The Mother Road"
Chicago, IL to Santa Monica, CA
Coca-Cola
FROM A BOTTLE
THROUGH A STRAW
DELICIOUS
AND REFRESHING
LEGENDS NEVER DIE
MADE IN THE
USA
Full Service
Available
Coca-Cola
In the Distinctive Bottle
the worst days golfing
are still better than
the best days working
OLD INDIANS NEVER DIE...
They just have better stories to tell.
A California Classic
SOLD HERE
MY RULES!
Ride Free!
ICE COLD
Coca-Cola
SOLD HERE
LAST STOP
HOT ROD REPAIR
BLUFFING
Coca-Cola

"형, 나 죽겠어. 아마존 때문에 도대체 장사가 안돼." 20년 동안 스포츠용품 가게를 운영해온 친구가 나에게 한탄을 한다. 맞다. 지금 미국에서는 모든 소비를 아마존이 점령하고 있다. 수천만 원짜리 명품에서부터 1000원짜리 볼펜까지 아마존에서 판다. 이 어마어마한 인터넷 쇼핑 회사와 동네 구멍가게가 어떻게 경쟁할 수 있겠는가. 마우스로 간단히 클릭하면 바로 다음날 물건이 도착한다. 원하면 주문한 날에 받을 수도 있다. 얼마나 편리한가? 세수하고 옷 입고 지하철 타고 나갈 필요도 없이 원하는 물건을 간단하게 구입할 수 있다. 컴퓨터로 여러 디자인과 색깔과 가격을 비교하면서 말이다. 도착한 물건이 마음에 안 들면 바로 반납·교환할 수도 있다. 아마존 단골들은 "반납하지 말고 그냥 가지세요. 또 하나 공짜로 보내드릴게요."라는 메시지를 받을 수도 있다.

아마존은 전 세계 소비자 행태를 바꿔놓았다. 말 그대로 혁명이다. 인터넷 책방으로 시작한 회사가 지금은 세계에서 생산되는 모든 상품을 판매해 한 해 1360억 달러를 버는 공룡 기업이 됐다. 미국에서 AA라고 하면 'Alcoholic Anonymous'라고 해서 '알코올 중독자를 치료하는 모임'을 말하는데, 이제는 'Amazon Anonymous'가 되어 '아마존 쇼핑 중독자를 치료하는 모임'이 필요할 것 같다. 나는 항상 마누라 옥사나에게 야단친다. "여보, 제발 아마존 클릭 좀 그만해!" 하고.

아마존은 그리스 신화에 나오는 '강력한 여자 용사'다. 1995년 TV에 서른한 살 청년이 나와 짐승 같은 웃음소리를 내며 자기가 인터넷 책 쇼핑몰을 만들어 전 세계 소비자들이 가장 저렴하게 책을 살 수 있도록 하겠다고 큰소리쳤다. 그때만 해도 '저런 바보 같은 놈, 책을 인터넷으로 팔다니. 세계 출판의 수도인 뉴욕에 책 가게가 100개도 넘는데 무슨 인터넷 책방이야? 책이란 게 만져보고 읽어보고 냄새도 맡고 사는 거지.' 하고

생각했었다. 그런데 지금 뉴욕의 책 가게는 모두 문을 닫았다. 유명한 스트랜드 북스토어와 반스 앤 노블만 남았다. 동네 가게는 매년 망하고 있다.

아마존 CEO 제프 베조스는 어머니인 재클린이 열여섯 살 때 낳은 아들이다. 알코올 중독자였던 아버지 테드와는 1년 만에 이혼했고 쿠바 출신 엔지니어와 재혼했다. 공부를 잘한 제프는 프린스턴 대학교에서 전기공학과 컴퓨터공학을 공부했다. 그가 자기 집 창고에서 시작한 아마존은 지금 세계 1위 재벌이 되었다. 제프는 빌 게이츠와 워런 버핏을 앞질러버렸다. 2013년엔 워싱턴포스트를 현금 2억 5000만 달러를 주고 샀고, 구글의 최초 투자가로서 현재 43억 달러어치 주식을 갖고 있다. 그런 제프 베조스의 공식 연봉은 겨우 10만 달러다. 2000년부터는 '블루 오리진'이라는 우주산업계에 발을 내디뎠다. 그는 "I want to enable anybody to go into space(누구든 우주여행을 할 수 있게끔 돕겠다)."라고 말했다. 지구를 점령한 아마존이 우주까지 먹어치울 기세다.

1960년대를 기억하다

Remembering the 1960's

1960년대 하면 많은 감정을 자아낸다. 혼란스럽고 추악한 면도 있었지만 반(反)체제 운동이 폭발한 시기였다. 인권 운동, 여성 운동, 성(性) 혁명, 미술과 음악의 부흥까지. 마치 베네치아의 르네상스가 뉴욕과 샌프란시스코에서 재탄생한 느낌이었다. 고정관념은 완전히 깨졌다.

1964년 뉴욕에 상륙한 비틀스는 록 음악이 단순히 흔들고 춤추는 음악이 아니라 철학적 이데올로기가 될 수 있음을 제시했다. 앤디 워홀의 팝아트는 '예술은 과연 무엇인가'라는 질문을 다시 던졌다. 그의 작품은 소비하는 상품이자 사고팔며 돈을 버는 수단이었지만, 캠벨 수프 깡통을 그대로 베껴도 예술이 됐다. "보라, 얼마나 아름다운가?" 콧대 높은 전통 화가들의 고정관념을 뭉개버렸다.

여성 운동! 위대한 출발이었다. 여자라고 집안일만 하고 밥해주고 자녀를 평균 3.5명 키우며 살아야 한다는 법은 없다. 직장을 다니며 돈을 벌고 원하는 인생을 살 권리가 있다. "Women make policy, not coffee(여자는 커피를 타는 게 아니라 정책을 만든다)."라는 구호가 퍼졌다. 1964년 피임약도 처음 나왔다. 자손을 생산하는 성적(性的) 종속에서 성적 기쁨으로, 피임약은 여성들의 태도를 탈바꿈시켰다. 인류 역사상 가장 큰 변화였다.

1960년대 뜨거웠던 여성 해방 운동. 당시 차별과 억압, 전쟁과 싸우는 인권 운동이 폭발했다.

마틴 루서 킹 목사가 이끄는 인권 운동, 히피들의 마약 문화, 반전(反戰) 시위. 모든 가치관이 뒤집히는 시대였다. 대학을 중퇴하고 뉴욕 사진 학교에 다닐 때였는데, 학비가 너무 비싸 맨해튼 최고 빈민굴인 이스트빌리지에 살았다. 거리는 기타 치는 히피들로 가득 찼다. 대부분 LSD나 마리화나에 취해 난장판이었다. 그 틈을 지나 도착한 '더 비터 엔드(The Bitter End)', '거즈 포크 시티(Gerd's Folk City)'에서는 밥 딜런, 사이먼 앤드 가펑클, 피트 시거 같은 현재 포크 음악의 대가로 꼽히는 뮤지션들이 밤마다 연주했다. 집에서 두 블록 떨어진 공연장 필모어 이스트도 마찬가지. 어느 날은 도어스, 지미 헨드릭스, 재니스 조플린. 또 어느 날은 폴 버터필드 블루스 밴드, 올맨 브러더스 그리고 크림. 로큰롤의 절정이었다. 수많은 밤을 필모어 이스트에서 보내며 로큰롤의 영양분을 섭취했다. 음악은 그때 나의 종교가 됐다.

지금 뉴욕에선 그 1960년대를 이해하기 위한 전시회가 열리고 있다. 뉴욕 중앙도서관에서는 'You say you want a revolution(그래, 혁명을 원해)' 전시를 하는 중이다. 비틀스 노래 'revolution'의 가사다. 혼란스러웠던 1960년대의 예술·음악·문화 모두를 경험할 수 있다. 지금 우리가 입는 청바지나 미니스커트도 그 시대의 유산이다. 음악, 미술, 즉 모든 문화가 이때 역동적으로 주류 사회의 흐름을 바꾸어놓았다.

뉴욕시 박물관에서는 'MOD N.Y.'라는 제목으로 1960년대 패션을 완벽하게 재현해놓았다. 루디 게른라이히의 토플리스 수영복, 트위기가 입은 첫 번째 미니스커트, 입생로랑, 할스턴 등등 당시 최고의 패션 디자이너들의 작품을 아름답게 진열해놓았다. 1960년대가 얼마나 부흥의 시기였는지, 한눈에 볼 수 있다.

우리는 태어나는 시기를 결정할 수 없다. 1960년대 청년으로 그 시대 문화를 먹고 성장한 것은 큰 축복이었다. 정말 멋졌다! 민간인과 군인이 300만 명 이상 희생된 베트남 전쟁을 멈춘 건 히피들의 반전 운동이었다. 1973년엔 미국 징집 제도가 폐지됐다.

Give peace a chance.

평화라는 친구에게 기회를 주자.
_ 존 레넌

Harvest
Neil Young
JIMMY CLIFF
ARLO GUTHRIE
ALICE'S RESTAURANT
The Mothers of Invention
FREAK OUT!
NEIL YOUNG
FLOWERS
ONS

60's

탈바꿈하는 뉴욕

N.Y. Meta-morphosis

뉴욕은 항상 변하고 있다.

15년 만에 뉴욕에 돌아와보니 못 보던 고층 건물들이 스카이라인을 장식하고 있고, 거리도 많이 깨끗해졌다. 하지만 생활비가 급상승했다. 15년 전보다 약 2.5배 올랐는데, '젠트리피케이션' 때문이다.

상위 1퍼센트는 건물을 재개발해 외형적으로 아름답게 가꾸고 월세를 두 배 이상 요구한다. 부동산 대재벌은 뉴욕을 성형수술하고 엄청난 돈을 벌었다. 우리 같은 서민에게 젠트리피케이션은 욕으로 들린다. 왜? 돈 없는 중산층을 쫓아내니까. 오리지널 뉴요커들은 도시 외곽으로 쫓겨나지 않으면 홈리스가 되어 맨해튼에 남는다. 변화하는 뉴욕의 몇 가지 모습을 살펴보자.

플라스틱 봉지와 빨대 사용이 불법이 됐다. 하루에 수백만 개씩 버려지는 플라스틱 빨대는 자연적으로 분해되지 않아 엄청난 쓰레기로 남는다. 해변가에 버려지면 물고기들이 이를 삼키고 죽어버린다. 그래서 맥도널드 등 여러 음식점에서 빨대 없이 음료를 마시자는 '그냥 마셔(give a sip)' 캠페인을 벌이고 있다. 내가 30년 전 독일에 갔을 때, 슈퍼마켓에서 플라스틱 봉지에 개당 1달러를 받았다. 깜짝 놀랐다. 독일은 이미 오래전부터 플라스틱 공해를 없애는 운동을 벌여온 것이다.

뉴욕은 세계에서 둘째로 차가 밀리는 도시다. 앤드루 쿠오모 뉴욕 주지사는 맨해튼 중심가에 자동차가 진입할 때마다 6달러씩 받겠다는 법을 검토 중이다. 노란 택시 운전자들은 분노한다. "아니? 어떻게 우리가 매일 12달러씩 내고 돈을 벌 수 있나?" 영업망을 넓혀가고 있는 우버 등 차량 공유 서비스도 이들의 밥그릇을 위협하고 있다. 생활고로 자살한 택시 운전사도 있다. 맨해튼은 주차 요금이 가장 비싼 도시이기도 하다. 1시간에 20달러, 우리 돈으로 2만 2000원이 넘는다!

뉴욕 지하철 요금(2.75달러)은 우리 돈으로 3000원이 넘는다. 런던보다는 저렴하지만, 세계에서 가장 비싼 편에 속한다. 어떤 이들에겐 저녁 식사를 할까, 지하철을 탈까, 고민해야 할 정도로 비싸다. 그래서일까. 빌 더블라지오 뉴욕 시장은 가난한 계층을 위해 지하철 요금을 반값으로 깎자는 구호를 내세웠다. 30만 명에 달하는 극빈층의 출퇴근과 구직 활동을 돕기 위해서다.

뉴욕은 지금 외형적으로 급변하고 있다. 1994년부터 8년간 재임한 루디 줄리아니 시장은 맨해튼의 지저분하고 위험한 지역을 깨끗하게 청소했다. 예를 들어 42번가와 8번가가 교차하는 곳은 본래 집창촌으로, 스트립바와 19금 비디오 판매점이 즐비한 무서운 곳이었다. 어린아이와 여자들은 걸어 다니지도 못했던 이곳이 지금은 완전히 디즈니랜드 같은 분위기를 풍긴다. 마이클 블룸버그 시장(2002~2013년 재임) 때에는 재개발 붐이 일어 월세가 폭등하기도 했다. 당시 맨해튼 재벌들은 말했다. "B&T 사람들은 안 들어와도 돼." B는 다리(bridge), T는 터널(tunnel)을 가리킨다. 뉴저지, 퀸스, 브루클린에 사는 가난한 사람들은 맨해튼에 출입할 필요가 없다는 말이다. 아, 가난이 죄로다!

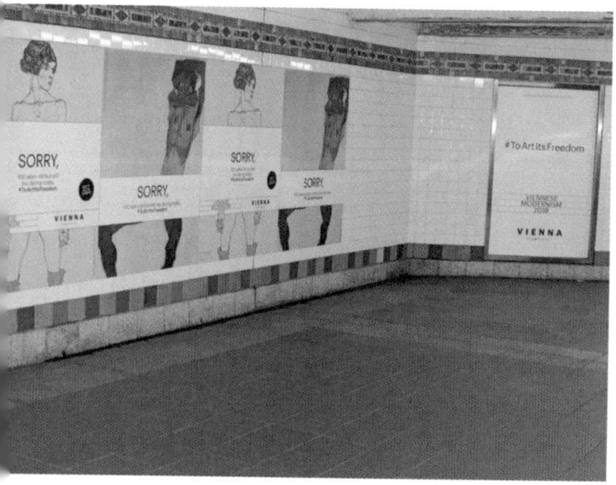

The Vessel
영국의 명 건축가 토머스 헤더윅(Thomas Heatherwick)의 작품. 46미터 높이의 16층짜리 대형 조각이 뉴욕 남서부 쪽, 첼시 위에 위치하고 있다. 인기가 많아 보려면 예약을 해야 한다. 2019년 3월 15일에 개관했다. 공사하는 데 2년이 걸렸고, 2억 달러의 비용이 들었다. 많은 사람들이 "맨해튼의 에펠탑"이라 극찬하고 있지만, 뉴욕 타임스 건축 기자는 "흉측한 괴물"이라고 혹평했다.

PLUS: WHAT (Beef, Manila clams, oyster frittatas) and WHERE (Midtown?!) to EAT in 2018 By Adam Platt
Also: The Great AWOKENING: When All CULTURE Is POLITICAL Culture By MOLLY FISCHER, p.68
/ AVON for MILLENNIALS p.32
NEW YORK
The FIRST DAYS of a PRESIDENCY in SHOCK

Handrails
Exit

LIBERTE
EGA LITE
FRATERNITE

Living here is a lifelong dream come true.
In my next life, remind me to dream of a bigger apartment.
Not everything has to be a compromise. Send money home for as little as $3.
L8
MONEY magazine says Touro's NYSCAS is #1.
So do our students.

3
WALL ST
GREENWICH VILLAGE HISTORIC DISTRICT
GAY ST
ROCKEFELLER PLAZA
LENOX AV
TIMES SQ
W 42 ST
5 AV
MANHATTAN AVE
FASHION AVE
MOUNT MORRIS PARK HISTORIC DISTRICT
MALCOLM X BLVD
LEXINGTON AV
UNION SQUARE WEST
CENTRAL PARK SOUTH
MADISON
BROADWAY
MARKS PL
MALCOLM X BLVD
11-21→

live in New York

뉴욕에 살다

LBERRY ST
ONE WAY
Selfies on iPhone X

BIG BUS NEW YORK

AURELIO CADIZ
1909 1992
NATIVIDAD CADIZ
1911 2005
GUGLIELMO VENTURA
1922 1992
ELAINE J. KROLL
1953 1996
JOHN KROLL
1921 2009
MAXIMINO GUTIERREZ
EMILY MARTINEZ

ROGER W. FORRESTER
1920 2000
ELEANOR FORRESTER
1923 2014
ELMO R. RONDE
1927 2003
ROSE UBERTINI
1908 1995
LENA RONDE
1929 2017
VINCENT AMANDOLA
1931 1994
JEAN AMANDOLA
1931 2000
JOSE RONDON

CAUTION

다시 '뉴욕살이'

Again N.Y.

나의 딸 양호가 초등학교에 입학했을 때 나는 깜짝 놀랐다. 학생들이 이미 한글을 쓸 줄도 알고 읽을 줄도 아는 것이다. 이게 무슨 시추에이션인가? 엄마들이 이미 학원에 보내 가르쳤던 것이다. 내 아들과 내 딸이 남보다 더 앞서가라는 마음에서다. 단순하게 말하면, 입시에 성공해서 서울대 가고 대기업에 취직해 부잣집 자식과 결혼하라는 것이다.

한심하도다, 한심하도다. 인생이 무슨 수학 공식인가? 인생은 1+1 = 2 식으로 흘러가지 않는다. 1+1은 0이 될 수도 있고 100이 될 수도 있다. 무수한 변수가 있는 것이다. 무엇보다 안타까운 것은, 인생의 가장 아름다운 순간인 초등학생부터 고등학생 때까지의 골든타임을 지나친 공부로 보내버린다는 것이다. 자연의 아름다움과 인간 사회의 화합, 부모님의 사랑, 친구들과의 우정을 배워야 할 시기에, 머리를 싸매고 외우고 또 외우기만 한다. 나는 하나밖에 없는 딸 양호에게 이런 고문을 받게 하고 싶지 않았다. 하지만 내가 체 게바라도 아니고 대통령이 될 가능성도 전혀 없었다. 할 수 없이 나의 제2의 고향, 뉴욕으로 데려갈 수밖에 없었다.

나도 초등학교 4학년이었을 때 뉴욕으로 전학했다. 부산 남일국민학교에서 공부하다 뉴욕 공립학교에 갔더니 이게 무슨 공부인가 할 정도로 쉬웠다. 수학은 더하기 빼기, 곱하기 정도였고, 역사 시간엔 빙 둘러앉아 토론했다. '왜 백인들은 아메리칸 인디언을 죽였는가' 같은 주제로 의견을 주고받았다. 이것은 너와 내 생각이 다르다는 것을 가르쳐주고 공존하는 것을 배우는 과정이었다.

미국은 고등학교까지 공부가 아주 쉽다. 대학교부터는 그렇지 않다. 대학은 공부할 사람만 입학한다. 1967년 내가 대학에 갔을 때는 고교 졸업생의 약 30퍼센트만 입학했다. 지금은 약 44퍼센트라고 한다. 그러나 대학 공부가 너무 어렵고 수의학이 취향에도 맞지 않았기에, 나는 2학년 때 중퇴했다. 덕분에 나는 빌 게이츠나 스티브 잡스와 함께 '대학 중퇴자 클럽'에 들어가는 영광을 얻게 됐다.

양호 교육에 대해서 1년 동안 고민했다. 어떤 친구는 국제학교를 추천했다. 1년에 2000만 원이 넘는 학비를 내고 공부 고문을 받게 한단 말인가? 대안학교를 추천하는 사람도 있었다. 양호에게 굳이 대안 교육을 시킬 필요를 느끼지 못했다. 그래서 나는 결론지었다. 뉴욕으로 다시 가자! 뉴욕 자체가 아주 양호한 학교다. MoMA 같은 박물관과 브로드웨이 쇼, 갤러리, 무엇보다 다인종과 다문화를 어릴 때부터 경험할 수 있다.

쉬운 도전은 아니다. 생활비가 서울의 2.5배, 월세가 평균 250만 원이다. 나는 69세 은퇴자였다. 마누라에게 의존할 수밖에 없을 것이다. 뉴욕에는 억만장자도 많지만 노숙자도 엄청나게 많다. 나의 비과학적 관찰로 보면 약 20만 명 될 것 같다. 부자 동네에서부터 빈민굴까지 전 맨해튼을 냄새를 풍기며 돌아다닌다. 그래도 가기로 했다. 뉴욕으로.

섭씨 32도 무더운 여름, 뉴욕에 도착했더니 사람들의 발동작이 빠르고 에너지가 넘쳤다. 입국 수속을 마치고 공항 밖으로 나오니 "야, 공기 좋다." 하는 소리가 절로 나왔다. 뉴욕은 허드슨강과 이스트강을 양쪽에 끼고 대서양에 붙어 있어 어느 대도시보다 공기가 좋고 하늘이 맑다.

호텔에 도착하자마자 아파트를 구하기 시작했다. 큰딸 같은 젊은 마누라와 초등학생 꼬맹이, 두 딸이 편히 살 수 있는 뉴욕의 첫 번째 아파트, 어디로 갈까? 인터넷과 뉴욕 타임스를 뒤지니 가격이 장난 아니었다. 맨해튼은 고시원 같은 방 한 칸이 월세 3000달러부터 시작했다. 방 두 개면 6000달러, 아이고! 맨해튼에서 가까운 퀸스로 살 곳을 정해서 아파트 검색을 시작했는데 도무지 적당한 게 없었다. 좋은 곳은 너무 비쌌고, 가격이 양호하면 누추했다.

오랜 검색 끝에 드디어 한 군데가 눈에 띄었다. 양호 공부방도 있고 우리 침실도 널찍한, 방 2개짜리 아파트다. 동네도 깨끗하고 조용하다. 복덕방에다 "OK" 했더니 이렇게 말했다. "두 달치 월세와 한 달치 월세에 해당하는 중개 수수료를 내고, 은행 통장 사본 석 달치, 운전면허 기록 1년치, 신용 등급 보고서와 FBI 리포트를 받아야 해요." 그리고 3주 후에나 입주할 수 있다고 했다. 아니, 호텔에서 3주나 묵어야 된다고?

노숙을 할 수는 없기에 12년 전에 살던 집을 찾아갔다. 그때 관리인이 여전히 반갑게 맞아주었는데, 빈방이 없다고 했다. 옛날에 800달러 내던 방이 2500달러라고 한다. 와! 2배 이상 오른 셈이다. 세계 대도시 중에 뉴욕의 보안이 최고이고, 투자 가치가 파리와 런던보다 훨씬 양호하며, 세계 억대 재벌들이 부동산 투자를 활발하게 하기 때문에 값이 천정부지로 올랐다고 한다. 도널드 트럼프를 보라. 맨해튼에 빌딩을 20개나 보유하고 있다.

아이고, 지친다 지쳐. 그냥 다시 서울로 돌아갈까? 나의 신촌 고시원이 그립다. 그런데 마누라 왈, "마이 러브, 힘을 내자! 곧 좋은 아파트가 나올 거야. 희생 없이 되는 일이 어디 있어? 뉴욕에 다시 돌아오는 것이 쉽나? 고생 좀 해야지." 한다. 야! 마누라의 용기가 놀랍다. 나는 Worrior(걱정쟁이), 그녀는 Warrior(용감한 용사), 마누라의 긍정적인 태도가 우리 가족에게 힘이 됐다.

다음 날, 마누라가 호텔 동네를 산책하다 "우리 이 동네 방 하나 재미로 보러 갈까?" 한다. "그럼, 밑져야 본전이지." 하고 따라나섰다. 너무 맘에 드는 집을 발견했다. 널찍하고 분위기 있는, 제2차 세계대전 이전에 지은 집이다. 가격도 비교적 양호하다. 게다가 1주일 안에 입주할 수 있다고 한다. 나는 부동산 사람에게 100달러 팁을 주고 조금 서둘러달라고 했다. 그렇게 뉴욕에 온 지 2주 만에 양호한 아파트를 구해 이사를 할 수 있었다.

1950~60년대 뉴욕에 살 땐, 사흘이면 아파트를 구했다. 테러방지법이 생긴 지금은 FBI 조사와 은행 계좌 조사 등 수속이 복잡해졌다. 내가 알던 뉴욕은 어디로 갔나? 하지만 카메라를 메고 맨해튼을 산책하면, 아직도 짜릿하고 흥분이 된다. 빌딩 숲 속에서 뭉게구름이 항해하는 짙푸른 하늘을 보니, "그래, 뉴욕은 용감한 사람만 살 수 있어." 하는 생각이 들었다. "Stop worrying and start praying." 걱정 말고 기도나 할 일이다.

뉴욕에 왔구나

New York Life

뉴욕으로 다시 돌아온 지 한 달, 정말 정신없었다. 아파트에 전기 연결하는 데 1주일, 가스 연결 1주일, 케이블 TV 1주일, 모든 것이 1주 아니면 3주씩 걸렸다. 한국에선 하루 만에 해결되는 일들에 이렇게 많은 시간이 걸리니 답답할 노릇이었다. 도대체 미국에 서비스 산업이 있는 건가.

컨테이너로 도착한 이삿짐 50상자를 하나씩 푸는 것도 고된 일이었다. 우리 마누라가 워낙 꼼꼼해서 숟가락 젓가락, 옷까지 모두 챙겨왔다. 모스크바 공산주의 체제에서 20년을 살아서 그런지 물건을 하나도 버리지 못했다. 나는 “베이비, 이 컨테이너 하나 부치는 값이 8000달러인데, 우리 그냥 발가벗고 가자. 거기 가서 옷도 새로 사고 가구도 새로 사서 집을 꾸미자.” 하니, “안 돼,

우리 물건 다 가져갈 거야!" 했다. 뜯고 뜯고 뜯고, 풀고 풀고 또 풀고, 아휴, 지친다. "물 좀 주소!" 고함이 저절로 나왔다.

그 와중에 오래된 친구가 좀 쉬라며 세계무역센터(WTC) 꼭대기를 관람하는 표 석 장을 줬다. 그래, 그럼 하루 쉬고 즐기자! 표값도 장난 아니다. 34달러. 빌딩 올라가는 데 4만 원이라니? 한씨 삼총사는 신나게 노래를 부르며 WTC 엘리베이터를 탔다. 100층까지 올라가는 데 딱 1분 걸렸다. 시속 36.5킬로미터이다. 대만 타이베이 타워 엘리베이터 다음으로 빠르다. WTC에는 사람들도 살고 사무실도 많아 엘리베이터가 무려 71개나 된다.

100층에 내리자마자 다큐멘터리를 5분간 보여줬다. 브로드웨이 감독이 제작한 것처럼 뉴욕 동네 하나하나를 설명하고 전통을 알려줬다. 이어 100층 전망대에서 맨해튼을 감상하니 "뉴욕에 왔구나!" 하는 소리가 저절로 나왔다. 양호는 "야! 신기하다" 하고 감탄한다. 신이 나서 막 뛰어다닌다. 뉴욕이란 도시의 예술성은 다른 어느 도시도 따라올 수 없다. 한마디로 장대하다. 전망대 전체가 유리로 둘러싸여 있어 사진 찍기에는 조금 불편하다. 이곳에 전 세계 관광객이 하루 20만 명이나 올라온다. 그 입장료가 엄청나다. 생각해보라. 매일 34달러×20만!

즐겁게 구경하고 지하철로 발을 옮기는데, 지하로 연결되는 로비가 대단히 거창하다. 수천 개의 하얀 기둥이 흰 대리석 바닥 위에 솟아 있다. 마치 공상과학 영화 속으로 들어온 느낌이다. 스페인 건축가 산티아고 칼라트라바의 야심작이다. 올림픽 주경기장의 두 배나 되는 기차역을 건설하는 데 12년이나 걸렸는데, 이 프로젝트에 40억 달러가 들어갔다. 세계 여러 군데를 다녀봤지만 이렇게 아방가르드한 건축물은 처음이었다. 뉴욕에 또 하나의 관광 명물이 생긴 것이다. 꼭대기 난간에서 아래 대리석 위로 움직이는 사람들을 보니 열심히 일하는 개미들 같았다. 꿈속의 광경을 보는 듯했다. 나는 아직도 뉴욕을 모르는구나 하는 생각이 들었다. 집에 돌아오니 양호가 "파파, 배고파!" 한다. "그래, 뭘 해줄까?" 하니 "스팸하고 김하고 밥하고 김치찌개." 한다. "오케이, 맛있게 먹자!"

Life is like riding a bicycle.
To keep your balance,
you must keep moving.

인생은 자전거 타기다.
균형을 유지하려면
끊임없이 페달을 밟아야 한다.
_ 알베르트 아인슈타인

Life is a plot

인생은 시나리오

딸 Daughter

내게 딸이 생기리라고는 상상도 못했다. 첫 번째 결혼을 했을 때, 스무 살이었다. 당시 동갑인 마누라가 결혼식 전 나에게 말했다. "대수씨, 나 고백할게 있어." "뭔데?" "나 정말 아이는 안 가지고 싶어. 너무 고통스러워. 그냥 우리 둘이 한평생 살자." 나는 서슴지 않고 답했다. "그래, 새로운 생명, 얼마나 책임지기 힘든데. 나도 이렇게 인생을 살아가기 힘든데, 왜 구태여 또 다른 새로운 고통의 생명체를 낳을 필요가 있겠어. 맞아! 노 칠드런. O.K.!"

우리는 한국에서 나의 모든 음악 활동이 금지되자, 뉴욕에서 새로운 인생을 시작했다. 나는 다시 뉴욕에서 세계적인 록 스타가 되겠다고 도전했지만, 코가 납작해지게 실패하고, 다시 상업 사진가로 밥벌이를 하기 시작했다. 뉴욕이 어떤 곳인데, 록 스타로 성공할 수 있다고 생각했을까? 특히 동양인으로서. 당시 뉴욕 출신의 스타는 바버라 스트리샌드, 밥 딜런, 사이먼 앤 가펑클, 닐 다이아몬드, 블론디, 토킹헤즈, 라몬스, 키스, 루 리드, 정말 대단했다. 이 대가들 사이에 내가 끼어 있다, 하고 생각하니 좋았다!

고맙게도 마누라는 미술대학 출신으로, 뉴욕 패션계에 두각을 나타내기 시작했다. 처음에는 세일즈 퍼슨으로 시작해, 2년 만에 블루밍데일스, 헨리 벤델, 버그도프굿맨과 같은 최고급 백화점에서 비주얼 머천다이징 디렉터(쇼 윈도를 포함한 시각 디자인 감독)로 맹활약하기 시작했다. 1970년대 말, 조르조 아르마니가 뉴욕에 상륙할 때, 메트로폴리탄 뮤지엄에서 열린 최고의 패션쇼에도 참여했고, 나중에 스페인 회사 자라가 뉴욕에 상륙할 때에는 뉴욕 본부장으로 임명되었다. 승승장구했다.

나도 좌절된 록 스타의 상처를 핥으면서, 나름대로 사진계 기술자로서 최고 대우를 받았다. 우리 둘은 맨해튼의 좋은 동네에 스포츠카를 몰고 다니면서, 오만하게 질주했다. 그런데 결혼한 지 20년이 된 40세 나이에, 우리는 이혼했다.

하나의 논의도 없이, 경고도 없이, 삶의 동반자가 하루 만에 사라진 것이다. 그녀가 다른 남자를 만났다.

돌이켜보면, 나의 잘못이 더 많았다. 내가 그전에 다른 여자들에게 눈을 돌렸던 것이다. 둘 다 권태기에 들어선 지 이미 오래였다. 그리고 무엇보다도 우리에게는 아이가 없었다. 내가 지금 딸을 키우고 보니, 자식이 얼마나 결혼 생활에 접착제 같은 역할을 하는지를 알겠다. 두 번째로 결혼한 마누라 옥사나와도 헤어질 뻔했다. 한국에서 열심히 음악 생활을 하고, 음식점에서 밥값도 안 내고, 택시도 공짜로 탈 정도로 팬 베이스가 늘어날 무렵, 나는 불행했다. 그리고 환갑이 다가왔다. 그녀의 알코올 중독과 더욱더 벌어지는 문화 차이와 세대 차이가 나를 힘겹게 했다. 22세 연하가 아닌가. 나는 떠날 계획을 세웠다. 내가 떠나면 그녀는 더욱 젊고 자기 취향에 맞는 러시아 남자를 만날 수 있겠지, 하며….

나는 태국으로 가기로 결정했다. 당시 태국은 지금과 달리 매우 저렴했다. 한국 생활비 반값. 나는 나의 방송 임무와 음반, 공연 계약을 다 끝내고, 혼자 백팩 하나 메고, 푸르고 착한 나라 태국에서 바닷가에 오막살이 집을 하나 짓고, 기타 치고, 사진 찍고, 그리고 베스파 스쿠터를 하나 사서, 양호한 태국 여인을 태우고, 붐붐 시내를 질주할 생각이었다. 약간 모은 돈과 매월 나오는 로열티로 태국 생활이 가능했다.

그런데 갑자기 나를 대하는 옥사나의 태도가 바뀌더니 "I love you." 하면서 육탄 공격을 했다. 그녀는 임신을 간절히 원했다. 내 생각엔, 나 혼자 태국으로 이주한다고 의심했던 것 같다. 그리하여, 기적이 일어났다.

10개월 후에, 양호가 "아앙" 하고 태어났다. 아니, 내 육신의 아이가 생기다니? 이 느낌을 어떻게 말로 표현할 수 있을까? 생명의 구원! 새 생명의 환희! 나는 완전히 새로운 인생을 찾은 것 같았다. 태국이여, 안녕! 태국 여인이여, 나를 기다리지 마! 베스파 스쿠터 주문 취소? 어떻게 양호와 비교할 수 있겠는가! 그리고 러시아와 코리안 혼혈이 너무나도 절묘하게 예뻤다. 완전히 양호했다! 그래서, 너는 나의 '하늘의 선물' 한양호!

딸을 키우는 것에는 큰 희생과 노력이 필요했다. 그리고 화폐! 한 발짝 한 발짝 움직일 때마다 돈이 필요했다. 갑자기 환갑이 다 된 할배가 화폐 숭배자가 되었다. 방송도 아리랑과 CBS 두 개씩, 공연, 음반, 책, 되는 대로 화폐를 벌기 시작했다. 신문 기고? O.K. 대학 강의? O.K. 사진전? O.K. 맥도널드 광고? O.K. 화폐야, 빨리 들어와서 산을 이루어라!

우리나라 어린이집은 너무 잘 되어 있는 시스템이라, 순조롭게 잘 다녔다. 유치원을 마치고, 초등학교에 들어갔는데, 그곳에서 나는 큰 문제점을 발견했다. 공부를 너무 많이 시켜서, 뛰어놀 시간이 없었다. 학교 끝나고 또 다시 학원 공부. 수학, 영어, 태권도, 피아노, 심지어 미술. 어머니들은 아이들에게 4~5개나 되는

NAKED WINERY
NAKED COWBOY® OYSTERS
NAKEDCOWBOY
다모
.COM

학원에 또 보내는 것이었다. "이건 아니야." 하고 불평을 하니, 친구가 "외국인 학교 보내지." 한다. 한 달에 250만 원! 정신 나갔다! 무슨 초등학교 학비가 대학교 수준인가? 아니다! 내 음악이 중요한 게 아니고, 양호의 미래가 더욱 중요하다. 뉴욕 가자!

이제, 양호는 벌써 6학년이 되었다. 너무 적응을 잘해 완벽한 뉴욕커 틴에이저이다. 그런데 공부를 너무 싫어한다. 그렇지! 공부를 좋아하면, 내 딸이 아니지. 내가 얼마나 공부를 싫어했는데. 자그마치 대학 중퇴자가 아닌가. 영광스런 중퇴자이다. 우리 클럽엔 막강한 멤버들이 있다. 빌 게이츠, 스티브 잡스, 마크 주커버그, 그리고 믹 재거.

그것은 그렇다치고, 딸을 키운다는 것은 아들하고 또 다르다. 특히 미국에서 시카고 다음으로 범죄가 많은 도시가 뉴욕 아닌가? 102종의 인종과 80개의 다른 종교! 옥사나에게 신신당부한다. "제발 양호에게 섹스 교육 잘 시켜! 남자들은 늑대야." 맞다! 나도 십대 때 무조건 예쁜 여자만 보면 달려들었다. "정숙아, 손 한번 잡아보자.", "케이시, 영화 같이 보러 가지!", 우리 남자들 사이엔 '걸 헌팅'이라고 불렀다. 아우우우! 몹시 걱정이 된다. 어떠한 남자친구를 데리고 올지? 아니면 누구와 비밀스럽게 데이트하고 있을지?

하지만 매일같이 육체가 성장하는 모습을 보면,

놀랍고도 무섭다. 아니, 벌써 가슴이 보이기 시작하고, 브래지어가 필요하다니? 아니, 벌써 생리를 한다고? 오, 마이 갓! 놀라워서, 딸을 가진 친구 레슬리에게 물었다. 그녀 왈 "요즘 그래, 우리 딸도 너무 빨라. 이유는 GMO(Genetically Modified Organism) 때문이야. 호르몬 주사를 막 놓잖아." 아! 그렇구나. 채소와 고기의 유전자를 조작해서 더 크게, 더 많이 수확한다는 말이었다. 이유는 간단하다. 농수산물 기업체들이 더 많은 화폐를 챙기기 위해서다. 그래서 미국 옥수수는 팔뚝만 하고, 수박은 한국 수박의 2배다. 그리고 소고기, 돼지고기 값은, 한국 고기의 반값이다. 뿐만 아니라, 미국 농장은 끝이 안 보일 정도로 규모가 크다. 아이오와주에 가면, 한 농장의 크기가 여의도만 하다. 텍사스의 소 목장 하나가 서대문구보다 더 크다. 백만 마리 소를 한 가족이 키운다. GMO도 문제이지만, 미국 사람들이 너무 많이 먹는다는 것도 문제이다. 이로 인해 아이들이 빨리 성숙해버리는 것이다. 다만, 육체적으로! 그래서 부자들과 밀레니얼 세대는 유기농 음식을 고집한다.

얼마 전만 해도, 내 팔뚝만 한 아기를 안고 "양호야, 양호야" 하고 자장가를 불러줬는데, 그 아기가 벌써 나를 보고 "I want my privacy(나 혼자 있고 싶어)." 하고 자기 방문을 닫아버린다. 그 모습을 보며 나는 피식 웃는다. 나를 닮았다면 반항아가 될 수밖에 없다. 그냥,

건강하게만 자라라. 가끔씩, 나의 상상을 초월하는 철학적인 말을 한다. 나의 절친 음악 친구가 곤경에 빠져 있어서, 나는 기도를 했다. “제발 나의 사랑하는 친구를 이 어려운 시련에서 헤어날 수 있기를 희망(hope)한다.” 그랬더니, 양호가 “Hope is not the answer, Act(희망은 답이 아니야, 액션)!” 아니, 우리 꼬맹이 딸이 철학가네. 완전히 머리를 한 대 맞았다. 그래서 나는 귀국했을 때 친구를 찾아가, 위로와 격려의 말을 하고는, 돈을 주었다.

옥사나 Oxana

마돈나가 TV 인터뷰에 나왔다. 나이 60세. 록 역사상 가장 성공한 여자 스타다. 38개의 빌보드 Top 10 히트곡, 그리고 8개의 앨범이 넘버원이다. 비틀스 다음으로 가장 많은 히트곡을 기록한 엄청난 아티스트이다.

그녀가 말한다. "나는 1978년에 미시건 대학교를 중퇴하고 뉴욕 시티에 왔다. 그리고 타임스스퀘어 중심가에 서서 고함을 질렀다. "나는 세계 최고의 스타가 될 거야." 하고. 주머니에 겨우 35달러(4만 원) 있었다. 온갖 잡일을 다했다. 웨이트리스, 판매원, 심지어 누드 모델까지. 생존해야 되니까. 지금 나를 보라. 여러분, 꿈을 잃지 말고 계속 달려보라. 불가능은 없다."

이것을 보고 옥사나가 별로 감탄하지 않는다. "나는 5달러 가지고 뉴욕에 도착했어."라고 한다. 와! 5달러!?(6000원) 믿어지지 않는다! 그녀 왈, "그리고 케네디 공항에 도착하니까 카트가 1달러 50센트였어(지금은 6달러. 한국처럼 공짜가 아니다). 그러니 3달러 50센트가 남은 거야. 나도 온갖 잡일을 다했어. 식모, 베이비시터, 요양원 간호조무사, 그리고 1년 후에, 당신을 만났어!" 이렇게 결혼한 지 26년 후에 나에게 고백한다. 오, 마이 갓! 믿어지지 않는다.

옥사나는 어릴 때부터 서양을 동경해왔다. 몽고계 러시아인으로 학교에서 따돌림을 받았다. 가장

특수한 계층만 살 수 있는 수도 모스코바에서는 그 당시에 백인계 러시아인이 주류였다. 그러니, 학교를 다니면서 많은 고충을 느낀 것이다. 할아버지가 위대한 건축가였기에, 프랑스나 독일에 갔다 오면, 그녀에게 사진을 보여주었다. 옥사나는 이러한 사진을 보고 사람들의 패션이나 거리에서 풍요로운 자유의 공기를 느꼈다. 그리고 결심했다. "나는 러시아를 벗어나 자유로운 서양으로 꼭 갈 거야!" 하고.

1985년도 고르바초프 대통령이 취임하고, 페레스트로이카 바람이 불 때, 소련은 서양으로 가고 싫어하는 사람들의 비자 요청을 허락했다. 이 소식을 듣자마자 옥사나는 미국 비자를 신청해 드디어, 1991년 뉴욕행 비행기를 탔다. 문제는 비행기가 뜨지 않는 것이었다. 2시간이 지났는데, 알고 보니, 그 순간 옐친이 쿠데타를 일으킨 것이었다. 비행기 객석 사이에서, 국경을 폐쇄한다는 소문이 돌기 시작했다. 옥사나는 기도하고, 기도하고, 또 기도했다. 30분 후에 드디어 비행기가 이륙했다. 뉴욕을 향해 상공한 것이다. 왜 5달러뿐이었는가? 가난해서가 아니고, 그 당시만 해도 서민들이 미국에 간다는 것은 있을 수 없는 일이라, 달러가 은행에도, 암시장(black market)에도 없었던 것이다. 40년 동안 미국과 냉전 상태였지 않는가? 온갖 친척과 친구를 통해 겨우 구한 것이 5달러였다. 나는 너무 감동을 받아 눈물을 흘렸다. 그녀는 “And then I met you, my love(그리고 나는 당신을 만났어, 내 사랑).” 하며 내게 키스를 해준다.

꿈 Dreams

나는 꿈을 안 꾼다.

마누라가 "나 어제 꿈이 묘했어. 낭떠러지에 떨어지는데, 대수 씨가 나를 살려줬어. 날개가 달려 있었어." "허참, 웃기네." "대수 씨는 꿈을 안 꿔?" "무슨 꿈, 나는 꿈이 없어. 그냥 맥주 마시고 코 골고 자는 거야."

그런데, 이상하게, 작년부터 꿈을 꾸기 시작한다. 이럴 수가, 아니 온갖 과거 내 인생의 중요한 인물들이 다 등장한다. 아버지의 농담하는 모습, 공연하다 넘어졌던 것, 밴드 멤버들의 깔깔 웃음, 내가 처음 프로펠러 비행기 타고 미국에 갔을 때 보았던 늘씬한 금발 미인의 스튜어디스, 술 취해서 친구 존과 맨해튼을 걷다가 넘어졌던 것, 결혼식. 야! 매일 밤 무슨 클래식 영화를 보는 것 같다. 어떤 때는 꿈이 괴롭다. 부끄러운 순간들,

미인 앞에서 원시인 춤을 추다가 창피당한 것, 초등학교 때 학교 대표로 연설하다 상이군인들을 보고 겁이 나 울고 내려온 것, 엄마가 나를 위로하며 "괜찮다, 대수야!" 하고 짜장면을 사주신 일. 와, 나의 밤잠은 꿈으로 가득 찼다. 그런데, 그중에 나를 가장 흥분하게 만드는 것이, 옛 애인들의 등장이다. 아니, 이 나이 70세에 아직도 섹스 생각이 있단 말인가? 바니의 늘씬한 몸매, 숙이의 깔깔 웃음, 자야의 자극적인 목소리, 밤마다 나를 미치게 한다.

그중 나의 추억에 가장 또렷하게 남는 여인이 네스링이다. 내 꿈에 매주 등장한다. 나는 미국에 사는 것이 아니고 뉴욕에 산다. 뉴욕은 미국이 아니다. 뉴욕은 뉴욕이다. 뉴햄프셔에서 대학을 다녔고, 보스턴에서도 잠시 살았다. 그런 내가 캘리포니아에서 3년을 살았다는 것은 있을 수 없는 이야기이다. 캘리포니아행은 네스링 때문이다.

나는 한국에서 음악 활동이 금지되고, 뉴욕 망명 생활로 들어서자, 밥벌이를 하기 위해, 당시 가장 큰 컬러 휠이라는 상업 사진 스튜디오에서 일했다. MoMA, 구겐하임을 비롯해, 패션 산업의 대가들 사진들도 우리가 제작했다. 너무 바빠서 스튜디오가 24시간 돌아갔다. 그리고 우리 사진 기술자들은 다른 스튜디오보다 2배의 주급을 받았다. 하지만 일은 혹독했다.

우리가 사진을 찍고 암실 작업을 하고 마지막으로 사진을 인화하면, 6명의 여성 기술자가 리터칭, 색감 조정, 먼지 제거 수정 작업을 진행했다.

내가 인화 작업을 끝내고, 리터칭 테이블로 사진을 넘길 때, 꼭 나의 사진을 받으러 오는 여자가 있었다. 그리고 항상 웃으면서 "Hi, Daesoo. How's it going(대수야, 오늘 기분이 어때?)." 하고 웃으면서 나를 반겨주었다. 나는 일이 많아 짜증이 잔뜩 났어도, 이 아름다운 21세 터키 여인의 모습을 보면, 항상 웃었다. "그래 네스링. 오늘 네 모습 너무 멋지네." 하면 그녀는 "Just for you(당신만을 위해서야)." 했다. 놀랍게도 네스링은 출근 첫날부터 나를 좋아했다. 나는 그녀가 나를 좋아하는 것을 또 좋아했다. 신기했다. 젊은 터키 미인이 나를 그렇게 따른다는 것이. 스튜디오는 너무 분주해 우리는 점심 시간이 따로 없었다. 겨우 15분, 그리고 수시로 샌드위치를 입에 물고 일을 했다. 점심을 같이 먹거나 대화를 나눌 시간이 전혀 없었다. 우리 사진가들은 매일같이 일이 너무 많아 항상 야근(8시간 이상 근무)을 했다. 그러면 시간당, 주급 1.5배를 받았다. 그런데, 어느 날 늦게 퇴근하는데, 우리 빌딩 로비에서 네스링이 누구를 기다리고 있는 게 아닌가. "오! 네스링 반가워. 누구 기다려?" 하니 "당신을." 그런다. 오! 마이갓. 옆 바에 가서 함께 맥주를 마시면서 이야기를 나누는데, 열정의 온도가 오르기 시작했다. 아니, 웃고 떠들고 하는 순간, 우리는 사랑에 빠졌다. 서로를 너무 좋아하게 된 것이다. 순식간에.

곧이어 우리는 호텔로 장소를 옮겨 사랑을 나누고, 그녀의 몸매에 미쳐버리고, 우리의 열정은 FDNY 뉴욕 소방대원들이 와도 끌 수 없을 정도가 되었다. 맨해튼 중심가인 미드타운에서 일했기에, 호텔 값이 너무 비쌌다. 돈이 모자랄 땐 텅 빈 고층 건물 뒤에서, 아니면 공원 모퉁이에서 우리의 열정을 불태워버렸다. 광적이었다. 몇 년 후에 개봉된 영화 〈원초적 본능(Basic Instinct)〉 수준이었다.

곧이어, 사내에서 동료들이 수군거리기 시작했다. 루머같이 빨리 퍼지는 것이 없다. 가십의 속도는 빛보다도 빠르다는 미국 속담이 있다. 심지어 사장님도 우리 관계를 알게 되었다. 그도 터키 사람이다. 뿐만 아니라, 뉴욕에서는 사내 연애를 반대하는 관례가 있고, 아예 불법인 회사도 있다. 더 큰 문제는, 우리 둘 다 결혼한 상태였다.

이것은 불장난이었고, 비극이 우리의 결말을 기다리고 있었다. 하지만 그녀는 매일 나를 기다렸다. 남의 시선은 전혀 상관하지 않았다. "난 신경 안 써. 그냥 당신을 사랑해."였다. 아! 큰일났다. 로미오와 줄리엣의 비극적인 결말이 내 눈에 보였다. 그리고 그녀의 터키 유학생 남편을 생각하니, 더욱 큰 비극이 예상되었다.

미국에는 'Crime of passion(열정의 범죄)' 법이 있어, 만약 열정의 분노나 질투의 범죄가 일어나면, 부인이나 남편을 살해하더라도 감옥살이를 1~2년 정도 하고 석방된다. 즉 애정 관계로 정신을 잃은 상태라고 판단해 가벼운 형벌을 받는 것이다.

이 문제는 직장을 옮기더라도 해결되는 일이 아니었다. 으레 그녀는 나를 따라 옮길 것이고, 같은 도시에 있는 한 우리는 계속 만날 수밖에 없었다. 이러한 눈물 나게 열정적인 사랑이 한평생 몇 번이나 있겠는가? 하지만 너무나도 많은 사람들이 희생되니까 우리의 사랑은 매듭을 지어야만 했다. 여름휴가가 왔다. 나는 "여보, 우리 캘리포니아로 이사 가자." 하니 "글쎄, 베벌리힐스도 좋으니, 한번 가볼까?" 했다. 그래서 나는 캘리포니아에서 3년을 살았다. 그동안 얼마나 뉴욕이 그리웠는지, 지하철의 지린내까지 그리웠다.

돌아와서, 절친 존에게 물었다. "그래, 네스링은 잘 있니?" 하니 "너 때문에 무척 괴로워하다 이혼하고, 다른 백인 남자와 재혼해서, 아들 낳고 잘 살고 있어. 한번 만날래?"라고 했다. "No, No. 절대 안 돼. 잘 지낸다니, 참 다행이야." 나는 우리가 자주 가던 공원 벤치에 앉아 그녀의 사랑스런 눈빛을 쳐다보았다.

후회 Regret

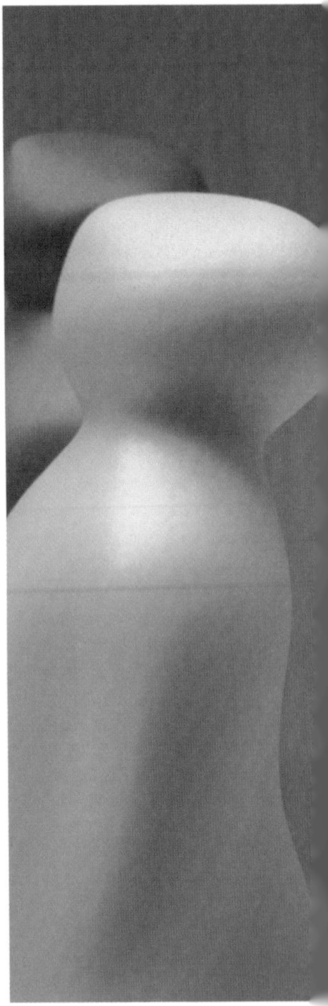

프랑스의 전설적인 가수 에디트 피아프의 대표곡이 'Non, je ne regrette rien(나는 전혀 후회하지 않는다)'이다. 그리고 미국의 전설적인 가수 프랭크 시나트라의 대표곡 중 하나인 'My way'에는 "나는 약간 후회한 적도 있지만, 별로 없다."라는 가사가 나온다. 글쎄, 그 정도로 자신만만하게 살았는가? 의심이 간다.

나는 후회가 많다. 실수도 많이 했다. 사랑의 상처, 많이 받기도 했지만, 상대방에게 많이 주기도 했다. 이제 내 인생의 석양을 바라보니, 많은 실수들이 나를 부끄럽게 만들고, 사랑의 상처도 나를 괴롭힌다. 그중에 첫 번째 마누라와의 이혼이 내 마음 한 구석에 큰 후회로 남아 있다.

물론 나의 외도도 많은 불화를 일으켰지만, 결국

그녀는 다른 남자를 만나 나와 이혼을 했다. 하지만 재혼한 남자와의 결혼 생활이 결코 순조롭지 않아, 수차례 나를 찾아왔다. 나는 크게 도와줄 수가 없었다. 왜냐하면 나는 재혼해서 신혼 생활에 들어간 상태였기 때문이다. 한때 뉴욕 패션계에 빛나는 스타였는데, 많은 좌절과 고생 끝에 그녀는 길을 잃었다. 마지막 큰 가방을 들고 파리로 이사 가는 모습이 아직도 나를 괴롭힌다. 축 처진 어깨로 힘없이 걸어가는 뒷모습. 아직도 너무 슬프다. 20년 동안, 스무 살 때 만나 서로를 배려하고, 희생하고, 사랑했던 반려자였는데.

이혼은 대부분 여자들이 먼저 하자고 한다. 한국도 마찬가지다. 대부분 여자가 먼저 이혼을 요구한다고 한다. 우리나라 연속극을 보라. 사모님들이 고함을 지른다. "그래 이혼해!" 하고. 문제는 이혼한 여자 중 70퍼센트가 후회한다고 하는 점이다. 새로운 남자가 전 남편보다 더욱 불만스러운 경우가 많고, 또 남자를 못 만나 고독한 생활을 할 수도 있다.

나의 친구가 어제 고백한다. "형, 나 이혼할 것 같아. 마누라가 자꾸 떠나겠다고 위협을 하네." "혹시 다른 남자가 있는 거 아니야?" "글쎄, 알 수가 없지." "만약 떠난다면 행운을 빌어줘야 돼." "무슨 소리야! 괘씸하지! 아리랑 고개를 넘어가다 다리가 부러져야지." "아니야, 더 잘 살아야 돼. 그래야 당신에게 부담도 없고 후회가 없는 거야. '우리 전 마누라, 지금은 닥터 부인으로 아주 행복하게 잘 살아. 나하고 이혼 잘했지 뭐.' 이렇게 돼야 된다고. 안 그러면 계속 당신을 찾아와서 괴롭히고, 그러면 둘 다 인생이 망가져. 너는 얼마든지 새로운 여자를 만날 수 있어. 걱정 마!"

대화가 끝나고 생각을 해봤다. 이혼한 여자들 중 과연 몇 퍼센트가 더욱 잘 살 수 있을까? 이혼은 중요하지 않다. 이혼하고 지금 생활보다 더욱 풍요롭게, 행복하게 살 수 있는가, 이것을 자기 자신에게 질문해야 한다. 답이 'Yes'면, 하면 된다. '글쎄'이면, 지금 남편을 더욱 이해시키고 사랑으로 매만져주는 것이 더 낫다. 남자는 어리석다.

My mother always said.
Don't marry for money.
Divorce for money.

우리 엄마가 말하기를,
돈 때문에 결혼하지 말고,
돈 때문에 이혼하라.
_웬디 리어먼 미국 코미디언

나의 할아버지, 한영교 박사는 신학자다. 1932년에 프린스턴 대학교에서 박사학위를 받고, 귀국해서 연세대학교 설립자 중 한 명이 되었다. 기독교 총연맹 초청으로 미국에서 선교 활동을 열심히 한 우리나라 최초의 신학자다. 이 업적을 인정받아, 2018년 크레이그 반스 프린스턴 대학교 총장으로부터, 미합중국 28대 대통령 우드로 윌슨 명예로 주는 'Heritage Award'를 받았다. 최초 헌액자다. 윌슨 대통령은 1902년 프린스턴 대학교의 13대 총장이었다. 가문의 영광!

할아버지는 항상 조용하고, 생각에 잠겨 있는 학자였다. 그야말로 젠틀맨 그 자체였다. 사람들이 "네 할아버지는 똥만 안 누면 부처다."라고 할 정도였다.

사진 찍는 것을 좋아해서, 항상 자이스 이콘(Zeiss Ikon) 카메라를 들고 다니면서, 컬러 슬라이드를 즐겨 찍었다. 그리고 그의 열정은 음악이었다. 당시 한국에서 둘도 없는 바이올리니스트였고, 원래 음악을 전공했다. 언더우드 박사의 후원으로 유학이 가능했는데, 기독교를 한반도에 전파시킬 십자가 용사가 필요했기에, 언더우드 박사는 "한 군, 음악은 부전공으로 하고, 신학을 전공하게." 하며 할아버지를 강력하게 추천했다.

할아버지는 항상 음악을 들었다. 자기가 유학 때 구입한 마그나복스 HI-FI의 스피커가 터질 정도로 크게 틀어, 온 대학 사택이 음악 감상실이 되었다. 벽돌담

바깥에 있는 동네 사람들은 신기해서 귀를 기울였다. 1954년 그 당시 HI-FI 전축 소리는 처음 듣는 것이었다. 파블로 카잘스의 바흐 첼로 모음곡(바흐 무반주곡), 베토벤 5번 교향곡, 또 바그너의 '탄호이저 서곡' 등 레퍼토리가 끝이 없었다.

점심 시간에도 다른 교수들과 식사를 하기보다는 꼭 사택에 돌아와서 우렁차게 한 시간 음악을 들은 후 사무실로 갔다. 나는 할아버지 밑에서 17년 동안 살았으니 분명히 그의 영향을 받았을 것이다. 나도 한평생 사진과 음악을 좋아하지 않는가?

한국이든, 미국이든, 할아버지는 항상 목회를 했고, 나는 아무 생각 없이 일요일만 되면 넥타이를 메고 양복을 입고 할아버지와 같이 교회로 나섰다. 그런데 18세 되는 해에, 나는 친구들과 등산도 다니고, 또 미안하지만 탁주(그 당시 막걸리)를 마시고 담배도 피우기 시작했다.

너무나도 즐거워 할아버지한테 항의했다. "할아버지, 나 교회 안 갈래요. 하루밖에 안 쉬는데, 친구들과 등산 다닐래요. 도대체 하나님이 누구예요?" 할아버지는 1분 동안 조용히 고민하시더니, 이렇게 말했다. "대수야, God is Love(하나님은 사랑이시다)." 할아버지 묘비명도 God is Love.

"아빠, 나 언제까지 학교 다녀야 해?" 양호가 묻는다. "글쎄, 고등학교까지 7년, 대학교 4년, 그러니까 11년이네." "오, 노! 11년!? 도대체 내가 어떻게 11년 더 공부해야 돼?" 하고 소리를 지른다.

"그리고 대학원 가려면 2년 더. 그러니까 13년이야. 요즘 너희 세대는 대학원이 우리 세대의 대학이야." 이렇게 말하니 양호는 어깨를 늘어뜨리며 실망한다. "그럼, 내가 스물네 살이네. 아빠는?" "나는 여든세 살." "오, 마이 갓! 살아 있을 거지?" "그럼." 하고 답했는데, 참 답답하고, 혹독하다.

현재 선진 국가의 평균 수명이 80세이다. 그러니 인생의 3분의 1을 공부에만 열중해야 한다는 말이다. 또 요즘은 박사학위까지 따는 사람이 많으니, 약 30세까지

New York
Public
Library
EXIT

책과 씨름해야 된다. 그것도 인생의 가장 보석 같은 10대와 20대를 희생해야 되는 것이다. 내가 아는 친구 하나는 미국 유학을 갔는데, 영어도 서툴고, 연구도 부족해, 박사학위 논문이 통과되기까지 오랜 시간이 걸렸다. 겨우 나이 40세에 학위를 취득했지만, 고작 20년 일하고 정년퇴직을 하게 되었다. 골든타임 30년을 학교와 캠퍼스에서 공부만 하다, 고작 20년만 사회생활을 한 것이다. 슬프도다.

그리고 친한 친구 부인은, 나이 60세에, 갑자기 박사학위를 받겠다고 학교를 다니기 시작했다. 친구가 말했다. "대수 형, 나 죽겠어. 생활하기도 힘든데, 학비가 부담스러워." 나는 깊은 생각에 빠졌다.

우리는 학교, 학벌, 지위, 권위, 직책, 너무 따진다. 이것은 열등의식에서 일어나는 현상이다. 꼭 박사 모자를 써야 자신감이 생기고, 별을 달아야 장군이 된 기분이고, CEO가 되어야 성공한 기분이고, 또 그래야 상대방의 존경과 부러움을 받을 수 있다고 생각하는 건, 참 촌스런 생각이다.

딸을 키우고 교육시키면서 많은 것을 느끼고 있다. 나는 양호 생각에 100퍼센트 동의한다. 공부를 너무 오래 한다. 학교 교육은 18세에 끝내야 한다. 우리 인생의 보석 같은 20대를 즐기고, 경험하고, 여행하고, 열심히 일하고, 사랑도 나누며, 아이도 낳고…. 미래를 위한 인생의 영양분을 충분히 섭취해야 한다.

고등학교를 졸업하고, 사회가 필요로 하는 스쿨에 들어가 1~2년 공부로 교육이 끝나야 한다. 20세까지만. 우리 하나밖에 없는 인생의 3분의 1을 공부만 하라니? 쓸데없는 짓이다!

그렇다고 공부를 많이 한다고 해서, 정보로 꽉 찬 머리로 인해 우리 마음이 더욱 착해지는가? 더욱 남을 이해하고 배려하는가? 남의 사상과 종교를 포용해주는가?

지금은 인터넷, 스마트폰으로 인해 16세 젊은이들은 우리 세대의 대학 공부 이상으로 폭넓은 지식을 보유하고 있다. 단 경험이 모자랄 뿐이다. 그러니 20세부터는 우리 삶의 가장 위대한 선생님이신 '인생의 경험'을 누리게 해야 한다. 그리하면 10대 우울과

자살을 방지하여 더욱 효율적인 청년 일군이 사회를 발전시키고, "깔깔" 웃는 어린이들의 웃음소리가 길거리에 울려 퍼질 것이다. 우리의 보배, 우리의 미래, 우리 어린아이들을 혹독하게 벌을 줄 필요가 전혀 없다. 학교는 18세까지, 나머지 인생은 경험 교육! 울고 웃고 사랑하고 창의하자!

그러기 위해서는 우리의 생각의 틀을 깨야 하고, 우리 자신의 생각이 변해야 한다. 권위? 던져버려! 학위? 던져버려! 파벌주의? 던져버려! Open Mind? Yes!

Be the Change you wish to see in the world.

**세상이 변하기를 원하면,
당신이 먼저 변해야 된다.
_ 마하트마 간디**

Loneliness

미국 설문조사에 따르면, 설문 참가자의 40퍼센트가 고독하다고 답했다. 고독은 비만보다도 위험하고, 하루에 담배 15개비를 피우는 만큼 건강에 해롭다고 한다. 그리고 자기가 고독하다고 인정하기도 쉽지 않고, 타인에게 자기의 고독을 자백하기도 쉽지 않다. 그러므로 더욱 심각한 병이 될 수도 있다. 베이비 붐 시대를 겪은 노인들이 고독하다는 것은 이미 알려진 사실이고, 이들뿐 아니라 20대 젊은이들도 똑같이 고독하다.

참 아이로니컬하다. 스마트폰을 통해 수많은 영상을 볼 수 있고, 음악도 듣고 페이스북 같은 소셜 미디어로 항상 대화할 수 있는 20대 밀레니얼 세대들이 고독하다니? 아니, 우리 세대보다 더 깊은 고독병에 시달린다고 한다.

이 현상은 지금 심각한 사회 문제로 등장하고 있다. 자살률이 증가하고, 마약 중독, 이혼율이 모두 늘어났다.

그래서 지금 샌프란시스코에서는 '사이드워크 토크(Sidewalk Talk, 길거리 대화)'라는 단체가 생겼는데, 출퇴근하는 사람들, 홈리스, 그리고 일반인들을 위해, 길거리에 의자를 놓고 고독에서 헤어나지 못하는 사람들의 고통스런 이야기를 아무 판단 없이, 귀를 기울여 들어주고 있다. 15분 정도 가벼운 대화를 나눈다. 이것은 심각하게 정신과 의사에게 치료를 받는 것보다 훨씬 부담이 없다. 인기가 많아서 현재 전 세계 12개국 40개 도시에서 고독한 인구의 이야기를 들어주고 있다고 한다. 전 세계의 고독한 이야기를 약 4000명의 자원봉사단이 고독한 커피를 마시면서 귀를 기울여 듣고, 눈과 눈을 바라보고 있는 것이다. 사이드워크 토크의 창시자, 트래시 러블 감독은 4000명의 페이스북 '좋아요'보다는 4명의 실제 친구가 더욱 필요하다고 말한다.

연초에 인도의 수백 명이나 되는 남녀가 동시에 울고 있는 영상을 보았다. "아니, 새해가 되었는데, 왜들 이렇게 통곡을 하고 있나?" 하고 물어보았다. 알고 보니, 울어서 지난 해의 모든 서러움을 눈물로 씻어버리는 것이라고 한다. 실제로 어린아이는 울고 나면, 신체적으로, 정신적으로 더욱 건강해진다고 한다. 우리

어른들은 눈물을 참아야 된다고 배웠다. 그러나 이것은 건강에 해롭다. 근래에 인도의 'Crying Club(울보 클럽)'이 인기가 많아, 전국적으로 모임이 생겼다. 'Laughing Club(웃음 클럽)'은 이미 알려졌지만, 울보 클럽은 지금 널리 알려지기 시작했다. 단체로 모여서, 자기 인생의 서러움과 고독병을 눈물로 씻어버리는 것이다. 인도 인구가 가장 많은 뉴욕에 상륙하면 나도 참여하려고 한다. 한평생 고독병을 앓은 사람으로서, 나는 '오! 고독해'라는 노래도 작곡했다. 고독한 동료인들과 실컷 울고, 건강을 회복하려고 한다.

영국은 작년부터 'Ministry of Loneliness(고독부)'를 설치했다. 고독병에 시달리는 청소년에게 어떻게 하면 새로운 희망과 삶을 찾아줄 수 있을까, 독거노인들의 삶의 질을 어떻게 하면 향상시킬 수 있을까, 사회 서비스 요원들이 어떠한 도움을 줘야 길 잃은 사람들이 고독의 절벽으로 떨어지지 않게 방지할 수 있을까, 이러한 문제점을 연구하는 부서다. 내가 40년 전에 런던에 갔을 때나 작년에 갔을 때나, 영국은 특히 고독의 공기가 무겁다. 섬나라에다, 비가 자주 오고, 과거 대영제국의 향수가 짙으며, 자존심과 인내심이 강한 국민이어서, 고독병이 더욱 심하다.

우리나라에도 고독부가 필요한 것 같은데, 나를 장관으로 임명하면 어떨까? 나는 한평생 고독이란 놈과

씨름하고 살았고, 뉴욕이라는 가장 고독한 도시에서

40년 동안 살아남았으니, 충분히 자격이 있지 않을까?

고독부 장관, 한대수! 멋지다! 문제는 너무 늙었다. 하하!

You are not Lonely.
Just Alone.

당신은 고독한 것이 아니고,
혼자인 것이다.

죽음 Death

나는 매일같이 죽음을 생각한다. 언제 죽을지? 어떻게 죽을지? 화장이냐, 매장이냐? 내 나이는 지금 결혼식보다 장례식에 더 자주 가는 나이다. 내가 사랑하는 로커들, 데이비드 보위, 조지 마이클, 프린스, 프레디 머큐리, 모두 내 나이 아니면 나보다 어릴 때 죽었다. 그리고 한평생 동고동락한 친구들도 하나하나씩 쓰러진다. 그러니, 나도 어찌 죽음을 생각하지 않을 수 있으랴.

"나이는 숫자에 불과하다." 흔히들 말한다. 이 말은 미국 속담 "Age is just a number."에서 유래됐다. 거짓말이다! 숫자에 불과하다니! 수가 크면 클수록 병들기 시작하고 점점 죽음에 가까이 다가가는 것이다. 인생은 차별대우를 하지만 죽음은 차별대우를 하지 않는다. 그리고 우리 속담처럼 죽는 것은 순서가 없다. 하지만 우리 모두 오래 살고 싶어한다.

최근 뉴욕 타임스에서, 독자를 대상으로 설문조사를 했다. "당신이 건강한 몸과 현명한 두뇌로 200년을 살 수 있다면?" 결과는 "YES" 36퍼센트, "No" 32퍼센트, "글쎄" 32퍼센트. 놀랍게도 영원하게 살고 싶어하는 사람이 적었다. 나도 여기에 답한다면, 영원한 인생은 "No"다. 영원하게 나 자신과 싸운다? 인생은 시작과 끝이 있으니 매력적이다. 아마 영원한 인생을 원한 36퍼센트는 틀림없이 풍요롭고 행복한 인생을 누리는 사람들일 것이다. 나머지는 '구태여 왜 이 고통을 계속 겪어야 하나'일 것이다.

TV를 보면, 지나치게 약 광고가 많이 나온다. 이 약은 장에 좋고, 저 약은 치매를 방지하고, 또 이 약은 노후 과정을 늦추고 등등. 이것 다 소용없다.

노인들의 가장 큰 병은 고독병이다. 한때 열심히 일하고 사회 활동을 하던 사람이 60세가 되면, 갑자기 동료와 친구가 주위에서 사라지기 시작한다. 그리고 후손이 없는 사람은, 그야말로 독거노인이 된다. 고독이 모든 병의 원인이다.

대화할 사람도 없고 같이 밥 먹을 사람도 없는 독거노인이 계속 늘어나고 있다. 그래서 미국에선, 이러한 독거노인이 너무 많으므로, 사회 서비스(social service)로, 직원이 일주일에 한두 번씩 노인을 찾아가 대화도 나누고, 밥도 해주고, 빨래도 같이 하는 서비스를 실행하고 있다. 우리 인간은 마음 상태(mood)가 편안해야 살 의욕도 생기고, 병을 이겨낼 자신감도 생긴다.

'과거'는 엄청나게 무거운 세상이다. 소설 책 열 권의 무게다. 과거의 문을 열면, 무서운 세상이 펼쳐진다. 그래서 사람들은 생전에 과거 생각을 잘 안 한다. 너무나도 고통스러운 일이 많기 때문이다. 우리 할머니는 우리 아버지가 사라진 후, 17년 만에 다시 만났을 때 첫 질문으로 이렇게 말했다. "창석아! 너 그동안 뭘했니? 왜 행방불명이 됐니?" 아버지는 몹시 괴로워하는 표정으로 말했다. "Past is past, we have to look for the future(과거는 과거야, 미래를 생각해요)." 그러고는 집으로 가버렸다. 그후 다시는, 그 질문을 하지 않았다.

내 나이는 70세가 넘었다. 나는 미래가 없다. 미국 속담에 "당신의 절친이 당신의 의사라면, 당신은 진짜 늙었다."라는 말이 있다. 지금 내가 딱 그런 상황이다. 나의 미래는 어느 의사에게, 어느 병원에, 그리고 어느 약방에 가야 하나, 이다. 넘어지지 않으려고 조심스럽게 걸어 다니고, 제발 뼈가 부러지지 않게 해주세요, 하고 기도한다.

최근 나는 과거의 무서운 문을 열었다. 열고 보니, 완전 짬뽕에다 잡탕밥이다. 휴우! 내가 내 자신을 놀랍게

한다. 믿어지지 않는다! 한평생 사랑 타령, 한평생 돈 걱정, 음악 한다고 난리, 태평양은 수십 번 횡단하고, 할머니 요리, 할아버지 바이올린, 엄마 기도, 젖소 짜는 나의 모습, 락 공연, 밴드의 웃음소리, 그리움, 여인의 미소, 뉴욕-서울, 또 뉴욕 골목길. 휴! 과거가 무섭다!

최근 나는 옥사나에게 이렇게 말했다. "제발 내가 죽을 때 연명치료 기구에 연결하지 말고 그냥 깨끗하게 죽게 해줘." 어머니도 6개월 동안 연명치료 기구에 의지해 코마 상태에 있다가 돌아가셨고, 아는 친구 어머니는 2년 동안 고생하다 가셨다. 이러한 6개월, 2년은 쓸데없는 시간이다. 환자에게는 고통이고, 가족에겐 더욱 큰 고통이다. 그리고, 화폐는? 얼마나 돈 낭비인가? 나는 안락사도 생각해본다.

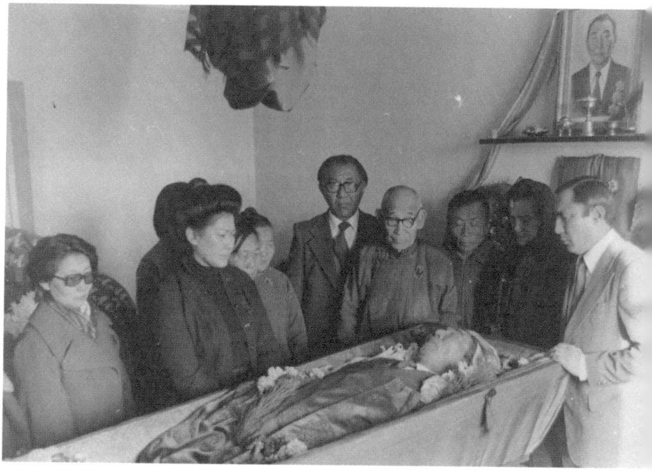

옥사나의 할아버지, 몽고 근대 최고의 건축가 치밋 부자빈의 장례식(1980년 10월).
왼쪽 두 번째 옥사나 엄마 아이린, 맨 오른쪽 삼촌 빅터, 오른쪽 두 번째 옥사나 할머니 안나.

현재 안락사가 합법적인 나라는 독일, 네덜란드를 비롯한 대부분의 유럽 연합국가이고, 미국에서는 오리건주를 비롯한 8개 주에서 안락사가 합법적이다. 미국인을 대상으로 한 설문조사 결과, 70퍼센트가 안락사 합법화를 찬성한다고 한다. 내 주위 사람의 죽어가는 모습을 목격하는 일은 매우 고통스럽다. 잘 사는 것(Living well)도 중요하지만, 잘 죽는 것(Dying

네덜란드 작가 마크 맨더스(Mark Manders)의 작품 'Tilted Face'. 기울어진 얼굴, 파괴된 얼굴, 미완성 얼굴이 우리의 자화상이다.

well)도 중요하다. 그냥 1주일 고생하다 생을 마감할 수 없을까? 내가 간절히 바라는 것이다.

인간은 더욱 오래 살려고 발버둥을 친다. 이상한 섬나라의 희한한 열매도 비싼 돈으로 사서 먹고, 또 곰의 쓸개나 코뿔소의 뿔을 먹으면 오래 산다고 난리다. 이 모든 것이 다 쓸데없다. 하루도 더 오래 못 산다. 그냥 착한 동물 학살이다.

종교, 이 부분은 죽기 전에 합의를 봐야 한다. 과연 죽고 나면, 사후의 세계가 있는 건지? 불교는 있다고 얘기한다. 윤회설로. 기독교는 천국 아니면 지옥으로 간다고 한다. 그러니 자기 연봉 10퍼센트를 십일조로 헌금해 하늘의 성을 쌓으라고 한다. 이슬람은 지하드(성전, 聖戰)로 자살 폭탄 테러를 감행한 용사들은 천당에 가서 알라 옆에서 72명의 숫처녀들과 행복하게 부활한다고 말한다.

이 모든 것이 말이 되는가? 하나님이 계신다면, 우리 인간은 VIP 동물이다. 머리도 좋고, 창의력도 있지만, 무엇보다도 논리적으로 생각할 수 있는 능력(logical thinking)이 있는 고등동물이다. 이러한 '논리적으로 생각할 수 있는 능력'을 하나님으로부터 선물받았는데, 어떻게 이런 비논리적인 생각을 믿고 있는가?

고등교육을 받았으면서도, 아직도 이상한 뿌리를 먹고, 이상한 동물의 뼈를 갈아먹고, 피땀 흘려서 번 돈을 교회에 바쳐서, 천국의 성을 쌓고 있는가? 당신의 이성은 어디로 도망갔는가.

하지만 우리 인간은 허약하다. 바다에 빠지면 지푸라기라도 붙잡고 싶어하는 게 사람이다. 나도 장담 못한다. 마지막 순간에 하늘에 굴복할 가능성이 많다. 에라 모르겠다. 다 믿어버리자! 붓다, 알라, 예수! 하늘에 생명보험을 드는 것이다. 할렐루야. 함달라라, 으-음!

아버지 하워드 한과
그의 아내
수산나의 묘.
놀랍게도 한국 이름
'한창석'은 빠졌다.
왜?

부부 싸움 Tit for Tat

한평생 열심히 일하다 은퇴하게 되면, 모든 것이 변한다. 돈도 항상 모자라지만, 무엇보다 어떻게 시간을 보낼 것인지도 문제다. 취미 생활이 있는 사람은 다행이지만, 한평생 직장만 바라보고, 직장을 위해서 살아온 사람들은 막막하다. 하루이틀도 아니고, 적어도 10년을 TV만 바라보고, 낮잠만 잘 것인가? 친구들은 어디로 갔는가? 발길이 끊긴다. 이유는 이용가치가 없어졌기 때문이다.

문제는 집안에서도 편하지가 않다는 것이다. 직장 생활을 할 때 그렇게 힘들게 하던 보스가 없어질 줄 알았는데, 집에서는 또 다른 보스가 있다. 마누라! 그냥 잔소리가 많다. 여보, 설거지 좀 해. 여보, 왜 그리 낮잠만 자? 여보, 운동 좀 해. 여보, 시장 가서 두부 한

모만 사와! 여보, 여보, 여보! 그리고 말 한마디 잘못하면, 잔소리 쓰나미가 몰려온다.

나도 은퇴 생활 3년째다. 많은 실수를 하면서 많은 것을 배웠다. 동료 할배 여러분에게 충고하고 싶은 몇 가지.

1. 일어날 때 항상 좋은 말로 굿모닝 하기. 시작이 좋아야 하루가 양호해진다. 그리고 모닝커피를 끓여서 마누라에게 바쳐라.
2. 어제 일을 오늘 반복하지 마라. 어제 일은 어제고, 오늘은 새로운 날이다. 염소같이 음식을 되새기면 안 된다. 특히 나쁜 일이 있었다면, 되새기지 마라.
3. 무조건 'Yes' 하라. 여보, 빨래 좀 돌려. Yes. 여보, 화장실 청소 좀 해. Yes. 여보, 프라이팬 새로 사와. Yes. 여보, 우리 오늘 바닷가에 가서 바람 좀 쐴까? Yes. 약간 동의하지 않더라도 'Yes'를 하고 나서, 나중에 자기 의사를 표현하라. 그러면 의견 교환을 쉽게 할 수 있다.
4. 항상 만져라. 손을 만지고, 허리를 만지고, 가슴을 만지고, 안아줘라. 일단 대부분 노부부는 섹스를 할 수 있는 나이가 지났기 때문에, 손조차 안 만진다. 꼭 섹스 욕망이 없더라도 손을 만지고, 안아주는 것은 노부부로서는 엄청난 애정 표시가 되고, 사랑의 만족을 가져다준다. "여보, 사랑해."를 서로

나는 노부부가 팔짱 끼고 걸어가는 뒷모습이, 그리 아름답고 사랑스러울 수가 없다. 그리고, 부럽다.

만지면서 표현하는 것이다.

사랑하는 동료 할배들이여, 남자가 밖에 나가서 동물을 사냥해오는 시기가 지나면, 남자가 아니다. 집에서 TV 앞에 앉아 마누라 구박만 받지 말고, 나의 4가지 충고를 시행해보시길. 은퇴 생활이 더욱 양호해질 것이다. 그리고 동료 할매들이여, 한평생 열심히 일한 남편들을 안아주고, 많은 사랑을 베풀어주시길.

바하마로

The Bahamas

"여보, 우리 바하마 가자."

마누라가 말했다. 양호가 봄방학을 맞았고, 지금 바하마 크루즈가 폭탄 세일을 하고 있다는 말이었다. 평소 반값이었다.

1980년 뉴욕 사진 스튜디오에서 일할 때가 기억났다. 사장님이 구릿빛으로 피부가 그을린 것을 자랑하면서 "대수, 나 방금 바하마에서 가족과 즐기다 왔네."라고 했다. 그때만 해도 바하마는 부자들의 놀이터였다.

바하마를 떠올리면 아픈 추억이 있다. 스무 살에 아름다운 미대생을 만나 서울 장위동에서 동거를 시작했다. 우리는 둘도 없이 깊은 사랑을 했고, 내가 해군에서 제대한 뒤 결혼했다. 한국에서 나의 모든 음악이 금지되자, 우리는 뉴욕에서 새로운 인생의

장(章)을 열었다. 엄청난 고생 끝에 약간의 성공을 거두기 시작했다. 그녀는 유명 백화점에서 상품 진열 디렉터, 나는 상업사진 스튜디오 매니저가 됐다. 물론 록 스타가 되겠다던 꿈은 완전히 접어야 했지만.

그런데 마흔 살이 되면서 권태기에 접어들었다. 나의 실수가 컸다. 내 눈은 다른 매력적인 여자들을 향했고 그녀들과 사랑을 나눴다. 이것을 알아차린 그녀는 나를 얼음장같이 대했고 눈빛은 항상 먼 산을 바라보고 있었다. 마지막 기회를 얻으려고 그녀에게 말했다. "여보, 우리 바하마에 1주일간 다녀오자. 수영도 하고 하얀 모래사장을 걸으며 이야기 좀 하자. 제발, 여보." 나는 무릎을 꿇고 눈물을 흘리며 빌었다. 그녀는 "그래, 마지막 기회야." 하고 동의했다.

비행기를 타기로 한 토요일 새벽, 그녀는 집에 오지 않았다. 그 대신 전화가 왔다. "대수씨, 나는 당신을 완전히 떠났어." 결국 바하마에 못 가고 나는 이혼당했다. 내 삶은 망가졌지만 '무한대'라는 3집 앨범이 탄생했다.

"그래, 바하마로 가자! 그때 못 이룬 꿈을 다시 살리자." 두 딸과 함께 플로리다로 향했다. 크루즈가 플로리다에서 출발하기 때문이었다. 배를 타서 하룻밤 자고 나니 다음날 아침 바하마 항구에 도착했다. "야! 이런 천국이 다 있나?" 옥빛 바다에 하얗고 하얀 모래사장. 그림엽서보다도 아름다웠다. 리조트에 들어서자 모든 것이 공짜였다. 훌륭한 뷔페가 하루 네 끼 공짜였고, 뉴욕에서 한 잔에 17달러인 칵테일도 공짜였다. 완전히 공짜 바였다. 수영장과 바닷가 파라솔, 타월도 모두 공짜여서 지갑을 갖고 다닐 필요가 없었다. 우리는 2박 3일간 충분히 쉬었다. 돈이 필요 없는 세상은 왜 그리 편한가. 물론 가기 전에 미리 패키지 금액을 지불했지만. 무엇보다 우리 딸 양호가 물놀이를 신나게 즐겼다. 맞다! 돈을 벌 수는 있지만 시간은 벌 수 없다. 양호와 많은 추억을 쌓아야겠다. 나의 과거는 길지만 미래는 짧다.

바하마에서 배가 떠날 때 나는 잊지 못할 천국을 맛본 기분이었다. 발가락이 보일 정도로 깨끗한 초록 바다, 양호와 신나게 노래 부르며 같이 탄 제트스키. 무엇보다도 돈을 들고 다닐 필요 없는 곳이었다. 어니스트 헤밍웨이는 바하마에서 《노인과 바다》를 썼고, 마틴 루서 킹 주니어도 여기서 노벨 평화상 연설문을 작성했다. 바하마는 생각을 던져버릴 최적의 장소다.

리버풀과 런던

Liverpool and London

캐런을 5년 만에 아일랜드 더블린에서 만났다. 그녀는 연세대학교에서 언어학을 가르친 적이 있었고, 우리 밴드의 리드 기타리스트 김도균 씨의 여자 친구였다. “대수, 나 한국이 너무 그리워. 떡볶이, 잡채, 갈비가 너무 먹고 싶어.” 캐런이 더블린 음악계에 내 소식을 전하자마자, 아일랜드 최고 방송사 RTE로부터 출연 제의가 왔다. 유명 디제이 데르못 램버트와 무슨 말을 했는지 기억이 잘 안 난다. 너무 웃겨가지고. 디제이가 “리버풀에 가봤니? 비행기로 1시간밖에 안 걸리니 꼭 가보렴. 우리 더블린하고는 로큰롤 라이벌이니까.”라고 말했다. 양호야, 가자 리버풀!

비틀스의 보금자리, 존 레넌 형님의 고향이었다. 가난한 항구도시쯤으로 생각했는데 그게 아니었다.

www.cavernclub.com
THE CAVERN PUB
LIVERPOOL
The Quarryman Skiffle Group
Animals
Billy J Kramer & The Dakotas
The Who
Jake Bugg
Wilson Pickett
Paul Rodgers
Nazareth
Lee Dorsey
Ricky Valance
Shane Fenton & The Fentones
Mike Berry
Inez & Charlie Foxx
Ben E. King
Nick Harper
Nashville Teens
Alexis Korner Blues Inc.
Ian & The Zodiacs
Road Runners
Johnny Dankworth
The Faces
Rory Storm & The Hurricanes
John Barry Seven
Long John Baldry
Albert Lee
Billy Butler & The Tuxedos
Ian Anderson
Graham Stewart Jazz Band
Simone Jackson
The Hermit Sound
Caravan
Peter Green

THE MERSEYBEATS
THE BEATLES
FARONS FLAMINGOES
THE VALKRIES
SHANES
PATHFINDERS
EARL PRESTON & THE REALMS
ROADRUNNERS
WINK ROGERS
Freddie Starr & the Midnighters
Billy J. Kramer
RAVE ON
Vic & the SPIDERMEN
Ludwig
THE BEATLES

더블린의 휴레인 갤러리에 가면 표현주의 회화의 거장 프랜시스 베이컨의 작업실을
볼 수 있다. 그는 30년 동안 단 한 번도 작업실을 청소하지 않았다.

재개발이 한창인 예술과 상업의 도시였다. 무역을 총괄했던 동인도회사 본부가 있어 대영제국 때에는 입 역할을 하던 항구도시였다. 그리고 비틀스! 비틀스는 리버풀 관광산업의 척추요, 연간 수천만 달러를 버는 대(大)산업이다.

비틀스가 클럽 공연을 하면서 브라이언 엡스타인 매니저를 처음 만났던 '캐번 클럽'에 갔다. 기네스 맥주도 마시고, 레넌 형님 동상도 껴안아주었다. 비틀스 박물관까지 보고 나오는데, 때마침 존 레넌 특별전(展) '더블 판타지'도 열리고 있었다. 이 전시는 레넌의 어린 시절 사진부터 글과 시, 그의 철학과 정치론을 담고 있었다. 무엇보다 오노 요코와의 사랑! 내 생각엔, 존 레논의 이미지를 빙자한 오노 요코 전시였다. "난 오노 요코 없인 못 살아."라는 글귀는 너무 뻔한 요코의 자기 홍보였다.

"이왕 여기까지 왔으니, 런던에 가자. 두 시간밖에 안 걸려!" 옥사나가 말했다. 나는 40년 전에 마지막으로 런던에 가봤다. 섹스 피스톨즈의 '가드 세이브 더 퀸'이 전 세계를 놀랍게 하고 있을 무렵이었다. "하나님, 제발 우리 여왕을 살려주세요. 그녀는 인간도 아닙니다." 영국 왕실을 직접 공격하는 노래였고, 이 노래 때문에 군주제 폐지를 요구하는 운동도 일어났다.

킹스로드를 걸으면 젊은이들이 화려한 새처럼 보였다.

BACK
USSR

그들은 무스로 머리를 세우고, 알록달록한 색채로 물들였다. 이마와 얼굴의 볼, 혀까지 피어싱을 했다. 그들은 완벽한 반항아가 되어 런던 거리를 활보했다. '쇼크를 받을 줄 모르는 뉴요커'인 나도 큰 충격을 받았다. 펑크들은 거리 모퉁이에 앉아 도그 푸드(개가 먹는 깡통 고기)를 손으로 발라먹었다. 야! 이것이 펑크록! 이들이 펑크록을 시작했고, 1년 후엔 뉴욕에도 상륙했다.

디자이너 비비안 웨스트우드가 'End of the world(세계 멸망)'라는 부띠끄를 처음 열었을 때, 그곳에도 가본 적이 있다. 벽시계는 거꾸로 회전했고, 마루는 30도 기울어 걸어 다니지도 못했다. 옷은 쇠사슬과 안전핀으로 찢어지고 갈라지고, 펑크 패션의 선구자였다. 그리고 모두 검은 색깔이었다. 구호는 "영국을 구출하자. 왕족을 없애자!"였다.

이랬던 런던이 환골탈태했다. 2012년 올림픽 이후 도시 개혁으로 신도시가 됐다. 1863년 개통한 오래된 지하철은 40년 전엔 너무 좁아서 '튜브'라고 불렸다. 앞에 앉은 여자의 무릎이 닿을 정도였다. 개보수를 거치며 널찍해졌고 편리해졌다. 로이드 빌딩 등 새롭게 올라온 건물들은 예술이었다. 뉴욕 뺨친다.

런던은 세계에서 가장 집값이 비싼 도시다. 뉴욕과 비슷하다. 빈부 격차도 그렇다. 부자와 가난한 자 사이엔 건널 수 없는 큰 강이 흐른다. 영국의 왕들이 교수형을

당했던 타워 힐의 한 호텔에서 라거 맥주와 함께 런던 스카이라인을 감상하며 생각했다. '이 도시가 200년 넘게 전 세계의 4분의 1을 지배했다니?' 상상이 안 된다. 아, 대영제국!

람보르기니

Lambor-ghini

"희수, 람보르기니 한 대 있으면 여자는 쉽게 구해(Hee Soo, If you own a Lamborghini, you can get a hot girl)." 양호가 50대 총각인 내 친구한테 충고했다. 너무 어처구니가 없어 "으하하" 웃었다. 어린 딸이 이런 말을 하다니? 벌써 돈 냄새를 아나?

생각해보니 맞는 말 같기도 하다. 여자는 배우자를 고를 때 경제력부터 생각하게 된다. 자본주의 사회 아닌가. 고급 자동차는 부(富)의 상징이다. "양호, 네 말이 맞아. 꼬마 철학가네." 하고 모두 한바탕 웃었다.

미국 사람만큼 자동차를 사랑하는 사람은 없다. 뉴요커들은 크게 신경 안 쓰지만 서부, 특히 캘리포니아에서 자동차는 애인보다 중요하다. LA에 3년 살면서 베벌리힐스 사진 스튜디오에서 일했다. 짜증이

날 정도로 날씨가 매일 좋았다. 점심때 밖에 나와 차에 기대 샌드위치를 먹는데 동료 캐시가 "야! 내 차에 기대지 마!" 하고 고함을 질렀다. 깜짝 놀라 물러섰다. 똥차 한 대 가지고 난리 치니 어처구니가 없었다. 그만큼 캘리포니아 사람의 자동차 사랑은 각별하다. 이글스 노래를 들어보라. 고속도로를 질주하는 노래가 얼마나 많은가. 그것도 자동차 뚜껑을 열고.

1908년 포드 모델 T가 대량생산되면서 미국 시민들이 드디어 자동차를 소유하게 됐다. 자동차를 타고 더 넓은 세상을 구경하게 됐다. 자동차에 대한 극심한 사랑은 여기서부터 시작해 지금도 미국 중산층의 '보배 1호'다. 미국이 세계 최고의 자동차 산업을 키우게 된 계기는 대륙을 횡단할 수 있도록 만든 주간(州間)고속도로 덕분이다. 1916년 고속도로를 처음 착공했지만 제1차 세계대전으로 돈이 떨어져 중단됐다. 1938년 루스벨트 대통령의 지시로 다시 시작해 8개 고속도로를 뚫었다. 그렇지만 가장 큰 업적을 세운 사람은 아이젠하워 대통령이다. 그는 제2차 세계대전 연합군 총사령관이었을 때 독일 아우토반을 목격하고 미국이 강대국이 되려면 고속도로로 전국을 연결해야 한다고 생각했다. 지금은 주간고속도로가 4만 7856마일(약 7만

미국 플로리다의 고속도로. 달리기 좋게 쭉 뻗어 있다.

7017킬로미터)이나 된다.

미국같이 자동차로 여행하기 좋은 나라도 없다. 서른 살 때 뉴욕에서 캘리포니아를 왕복했다. 갈 때는 새 직장 면접 때문에 급하게 달려 열흘 만에 돌파했고, 돌아올 때는 여유를 즐겼다. 뉴올리언스 재즈도 듣고 멤피스에서 유명한 갈비구이도 먹었다. 엘비스 프레슬리 집도 가봤다. 3주 걸렸다.

지난번 양호 봄방학 때는 차를 타고 플로리다를 질주했다. 3박 4일 걸렸다. 고독한 노총각 화가 희수도

나의 친구 희수와
빼어난 미모의
플로리다 여인.

함께했다. 남부의 맛있는 치킨, 포크 립, 팬케이크를 먹으며 1100마일을 나 혼자 19시간 운전했다. 나는 할배인데, 하하!

도착하자마자 바에 가서 시원한 맥주를 들이켜는데 웨이트리스가 너무 예쁘다. 미스 플로리다 수준. 남자들이 입을 다물지 못하고 그녀를 바라보는데 양호가 그녀에게 한마디 건넨다. "저 남자 이름은 희수인데, 람보르기니를 몰아(This guy's Hee Soo. Guess what? He's got a Lamborghini)." 웨이트리스가 "정말?(Really?)" 하면서 관심을 보이며, 희수와 사진 찍는 것을 허락했다. 양호야, 너는 진짜 철학가다. 그리고 거짓말쟁이!

죽는 걸 왜 걱정해?

Dying

기적이다. 어떻게 이 오랜 세월을 겪어냈는가. 청년기의 모험, 중년기의 이혼, 그리고 수많은 사고와 좌절. 그 사이에 음악 한다고 온갖 노력과 희생. 태평양을 30번 이상 왔다 갔다 하면서 어떻게 살아남았나? 기적이다!

요즘 미국 TV를 보면 꼭 내 이야기를 하는 것 같다. 틀기만 하면 "당신은 밤중에 소변을 세 번씩 보지 않습니까? 그렇다면 ○○약을 복용하세요. 문제가 해결됩니다." 또 "당신의 심장은 부정맥 아닙니까? 수술하지 마시고 ××약을 드십시오." 변호사 광고는 왜 그리 많은가. "관절 수술을 했는데 부작용이 있습니까? 그렇다면 우리 변호팀이 소송을 걸어 100만 달러까지 받아낼 수 있으니, 당장 지금 연락하세요." 이런 광고들이 노인들을 겨냥하고 있다.

'베이비 부머(Baby Boomer·BB)'인 우리 세대는 미국 내 인구가 무려 7600만 명이나 된다. 제2차 세계대전 이후 가장 부유하고 희망이 있을 때(1946~1964) 한 가정당 평균 5명씩 아이를 낳았다. BB세대가 미국 개인 자산의 80퍼센트를 소유하고, 소비의 60퍼센트를 담당하며, 처방약의 77퍼센트를 복용한다. 어마어마한 수다. 그러니 계속 약 광고, 의료보험 광고, 요양원 광고가 TV 프라임 타임에 나오는 것이다.

곰곰이 생각하니 범사에 감사하다. 내가 사랑하는 록 스타들이 많이 요절했다. 주위 친구들도 암에 걸렸거나 다리가 고장 나 절뚝거리며 걸어 다닌다. 재미있는 것은, 아니 재미없는 것은, 친구들과 대화할 때 이제 항상 "너 이런 약 먹어봤어? 소화 잘 된다."라든가 "나 어제 건강검진 했는데 아무 이상 없대." 같은 말을 한다.

늙는 데는 인종차별도 없고 빈부격차도 없다. 우리의 정신적·육체적 기능이 하나씩 사라지는 과정이다. 그런 뒤에 천당의 대문을 두드리는 것이다. 나는 우리 문화가 지나치게 육체적인 건강을 강요하는 것이 옳지 않다고 생각한다.

늙어간다는 것은 친구를 잃어간다는 것이다. 찾아오는 사람도 없다. 늙어서 가장 큰 보약은 친구 한두 명이다. 앉아서 옛 추억을 되새기고 젊었을 때 실수담을 하며 한바탕 웃고 옛날 여자 친구를 생각하며 "와! 그 여자 몸매 죽여줬는데." 하고 떠들어댈 수 있는 친구가 필요하다.

청년 시절 뉴욕 최고의 사진 스튜디오에서 같이 일했던 40년 지기들과 모여 잡담을 했다. "야, 자니. 너 묘비명이 뭐야?" 하니 "괜히 왔다 가네(What was that all about)."라고 했다. 한바탕 웃었다. "헤이, 리치. 너는?" "누가 방귀 뀌었어(Who farted)?" 또 한바탕 웃었다. 내가 "걱정하다가 한평생 지나갔네(I worried to death)."라고 하니 두 친구가 "야! 너 아직도 걱정하고 있잖아." 하기에 다 같이 하이파이브를 했다.

지난달 뉴욕 타임스 부고란에서 읽은 레이먼드 스멀리언 뉴욕 시립대학교 교수 이야기가 기억난다. 그는 97세까지 즐겁게 살다 죽은 수학과 철학 교수였다. 그가 말했다. "Why should I worry about dying? It's not going to happen in my lifetime(죽는 걸 왜 걱정해? 살아 있는 동안엔 죽지 않을 텐데)."

招財進寶
美滿婚姻
Rickenbacker

You can
Destroy today
by
worrying about
tomorrow

내일을 걱정하다,
오늘을 망칠 수 있다.

70번째 생일

70th Birthday

생일을 맞았다.

감개무량하다. 양호가 말한다. "아빠, 진짜 70세야? 정말 늙었다. 수염도 참 하얗고, 우리 친구 Eugene(유진) 아빠는 41세인데. 그럼 아빠가 100세까지 살면 나는 40세가 되네, 100세까지 살 수 있지?" "그럼, 문제없어!"라고 답은 했지만 마음이 아프다.

우리 아버지가 생각난다. 1948년 내가 백일 된 갓난아기였을 때, 촉망받는 물리학자로 미국 뉴욕으로 유학 갔던 아버지가 갑자기 실종됐다. 내가 열일곱 살이 돼서야 FBI가 찾아내 아버지 얼굴을 처음으로 봤다. 그는 미국 여자와 결혼해 큰 인쇄소를 경영하고 있었다. 이름도 달랐다. 한국 이름 한창석은 사라지고, 'Howard Harnne'이 됐다. 나는 결국 실망하고

집에서 가장 먼 뉴햄프셔 주립대학교를 택했다. 다시는 아버지를 안 볼 생각이었다. 그는 출판계의 거물이었다. 워너브러더스에서 앨범이나 책 제작에 문제가 생기면, "Call Howie!(하위 불러!)", 대형 출판사 'Simon & Shuster'에서 큰 프로젝트를 할 때도 "Call Howie!"였다.

나는 상업사진 스튜디오에서 쭉 근무하다, 어느 날부터 아버지 밑에서 세일즈맨으로 일하게 됐다. 회장님 아들은 정말 고통스러운 자리다. 잘해도 욕 들어 먹고 못해도 욕 들어 먹는 무기력한 자리다. 내 인생에서 가장 어려운 직업이 세일즈맨이었다. 아서 밀러의 연극 '세일즈맨의 죽음'만 떠올랐다. 결국 3년 되는 해 "아버지, 저는 이제 그만두겠습니다." 하고 뛰쳐나왔다.

시간이 흘러 내가 이혼하고 아버지를 동정하게 되었고, 아내가 떠나니 인생은 '내 마음대로 안 되는구나' 하는 것을 느꼈다. 그가 항상 하는 말 "Such is life!(사는 게 다 그런 거야!)"가 내 뒤통수를 때렸다. 80세에 돌아가시기 전까지 우리는 2주에 한 번씩 '청기와' 식당을 찾았다. 아버지는 고등어 구이를 맛있게 드셨다. "생선구이는 한국 사람만 이렇게 맛있게 구울 수 있어."

치과에 갔더니, 닥터 사무실 벽에 이런 글이 씌어 있었다. "Life is short. Smile while you still have teeth(인생은 짧다. 당신의 이가 다 빠지기 전에 많이 웃으세요)." 인생살이는 너무 비극적이기에, 웃음밖에 안 나온다. 우리 같이 많이 웃자.

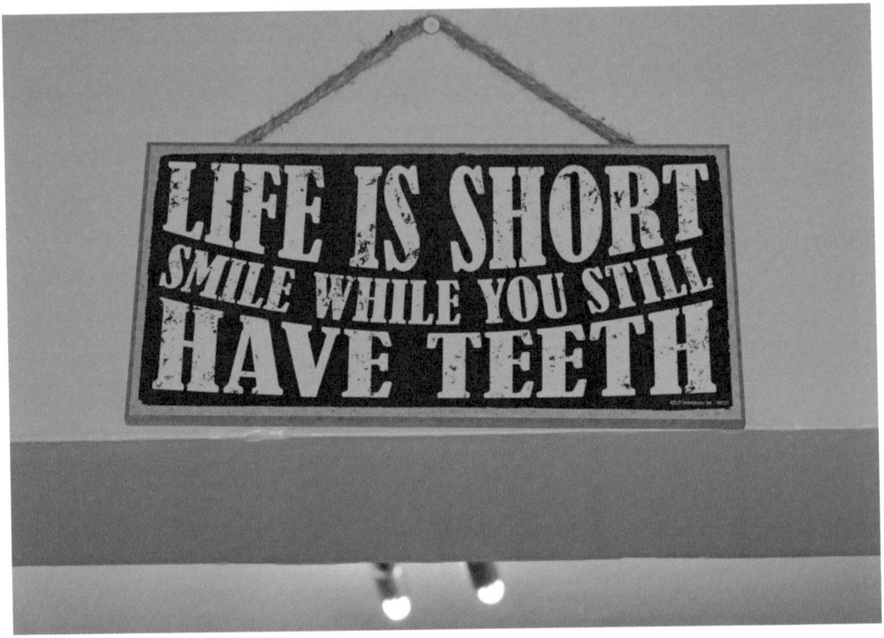

하시면서. 다행히 돌아가시기 두 달 전에 한 살짜리 손녀 한양호와 키스를 했다. 눈물!

은퇴 생활은 또 다른 경험을 안겨준다. 늙어가는 것은 친구가 줄어드는 시기다. 찾아오던 출판사, 음반사, 공연기획사, 방송 PD들, 모두 발걸음을 멈춘다. 친구들도 소식이 없다. 매일같이 마누라 치마를 붙잡고 살아야 한다. 온종일 같이 있으니 항상 좋은 말로 시작해야 한다. "굿모닝"부터 "당신이 요리한 러시아 볼시(수프)는 참 맛있다.", "아니야, 몸매 아직도 좋아. 40대 아줌마인데 뭐.", "피자 먹을래? 그래 내가 지금 사올게." 이런 식으로. 안 그러면 하루가 괴롭다. 왜냐하면 나에게 하루하루가 고맙고 아까우니까. 말동무가 있다는 게 얼마나 큰 특권인가. 세상에 독거노인이 얼마나 많은가.

많은 로커들이 죽었다. 내가 좋아하는 데이비드 보위는 69세에, 조지 마이클은 53세에, 프린스는 57세에. 하나 분명한 사실은 우리는 절대 젊어지지 않는다는 것이다. "오늘이 나의 최고의 날이다(Today is the best day of my life)."

SIDEWALK C
PLEASE USE

SAMSUNG
Corona
Light
Coca-Cola
"SOARING AND JOYFUL"
KODAK
PONTIAC
BULOVA
LG

POLICE SAY PIT BULL PUPPY CHEWE
BROUGHT TO YOU BY ESPN.
Dec 15
Dec 15
4K41
4K41
7A16

Kim Hoon's Review

김훈의 말

낙원의 노래, 지옥의 노래

한대수의 음악은

이 세상과의 관계 속에서 전개된다. 이 관계는 사랑일 수도 있고 불화일 수도 있고 긍정과 희망, 분노와 저항일 수도 있는데, 이 모든 관계들의 무늬와 질감을 다 합쳐서 '자유'라고 말해도 무방하다.

한대수의 음악과 삶, 그의 마음의 빛깔에 대하여 말하는 것은 나의 큰 즐거움이다.

한대수가

— 나는 세상을 노래한다.

— 나는 내 마음에 다가오는 것을 노래한다.

— 작곡가가 되기 위해서는 자신이 외치는 것에 대한 강한 확신과 절실함이 있어야 한다.[1]

라고 말할 때, 이 외침의 본질은 '자유'이다.

---

1 《사는 것도 제기랄, 죽는 것도 제기랄》(2007, 아침이슬)에서 인용.

한대수는 자유를 그 자체의 기쁨으로 노래하기도 하고[2] 자유를 짓밟는 폭력과 야만의 현실에 저항하면서 노래한다.[3] 자유를 노래하기보다는 자유의 침탈을 노래하기가 더 어려울 터인데, 이 두 갈래의 노래는 서로 부딪치지 않고 동반의 흐름을 이룬다.

한대수의 음악은 현실을 향한 메시지로 가득 차 있지만, 메시지에 매몰되지 않는다. 한대수의 노래는 한대수의 살아 있는 몸이 뿜어내는 숨결이고 맥박이다. 그가 세상으로 내보내는 소리에서는 그의 몸속 장기들이 움직이는 소리가 들리고 그의 혈관 속을 흐르는 거칠고 불온한 피의 수런거림이 들린다. 나는 한대수 노래의 이 육체성을 사랑한다.

— 내 노래들 중에서 가장 좋은 곡들은 한 시간도 안 되어 곡과 가사가 쓰여졌다.

라고 한대수는 말한 적이 있는데, 이 말은, 그의 음악이 그의 육체에 와서 착 들러붙는 순간의 떨림을 표현한 것으로 나는 이해한다. 이 떨림은, 남들에게는 놀라운 일이지만 한대수 자신에게는 놀랄 일이 아닐 터이다.

---

2 〈행복의 나라로〉 〈인상〉 등.
3 〈물 좀 주소〉 〈멸망의 밤〉 등.

육체성은 한대수의 음악적 진실이라고 말해도 좋다. 한대수 음악의 이 강력하고도 전면적인 육체성은 1970년대 이후 지금까지 청소년들의 음악판을 휩쓸고 있는 힙합과 댄스뮤직의 리듬 공세를 뚫고 나와서 대중의 마음속에서 음악의 뼈대와 근육을 이루고 있다.

날마다 새벽마다 새들이 창가에 와서 지저귀듯이, 인간은 날마다 새날의 새 노래를 부른다. 인간의 노래는 한이 없고 끝이 없다. 노래는 영원하다. 새날의 노래가 지나간 노래를 이끌어서 지나간 노래가 또한 오늘의 노래로 살아나는 흐름이 삶과 노래의 지속성일 터인데, 한대수는 한 생애의 힘으로 이 흐름을 끌고 나간다. 인간은 죽으나 사나, 짓밟히고 쫓겨나고 발길에 차여도 노래하고 또 노래하는 존재이고, 한대수가 그러하다. 한대수는 가수(歌手)가 아니라 가인(歌人)이라고 불러야 옳을 듯한데, 사람은 누구나 본래 노래하는 존재다. 나는 노래를 잘 부르지 못하지만 한대수의 노래를 사랑함으로써 한대수와 맞먹는 가인이다.

이 책에서, 한대수는 뉴욕의 여러 표정과 목소리들을 전하고 있다.

수많은 전위와 실험, 해체와 파괴가 뉴욕에서 소리친다. 한대수가 보여주는 뉴욕은 자본주의의 천국이며 지옥이다. 돈과 명성을 좇는 인간들은 뉴욕에서 출세하거나 몰락한다. 뉴욕은 잔인하고 뉴욕은 무정하다. 억만장자와 노숙자, 마약 중독자, 동성애자, 창녀, 에이즈 환자들과 온갖 나라의 온갖 인종들이 뉴욕에 모여서 대도시를 이룬다.

이 책에서 한대수는 세상의 다양성을 포용하는 역량의 크기를 보여준다. 그는 이 책에서 문명의 최첨단부와 문명의 밑바닥 쓰레기통을 그의 전방위적 감수성으로 포착해내고 있다. 나는 이 포용력의 크기가 그의 자유의 정신과 관련이 있다고 생각한다. 창조와 폐허, 욕망과 몰락이 들끓는 뉴욕은 한대수에게 어울리는 도시다. 뉴욕은 백화만발한 아비규환이다. 나는 한대수가 그 아비규환 속에서 오래 머물기 바란다. 한대수는 세상을 노래한다.

_ **김훈**[4]

4 김훈은 1948년생으로 한대수와 동갑이다.

photo ⓒ 조상호

한대수의 음악은 이 세상과의 관계 속에서 전개된다. 이 관계는 사랑일 수도 있고 불화일 수도 있고 슬픔과 희망, 분노와 저항일 수도 있는데, 이 모든 관계들의 무늬와 질감은 '사랑' 혹은 '자유'라고 말해도 무방하다.

한대수의 음악과 삶, 그의 마음의 빛갈에 대하여 말하는 것은 나의 큰 즐거움이다.

LO
VE

thank you ladies
for loving me

thank you ladies
for letting me love you

your giggles
your moans
your perfect body

a cathedral of solace
i will take to my grave

into eternity...

나는 매일 뉴욕 간다
I go to New York every day

1판 1쇄 2019년 6월 10일
1판 2쇄 2020년 7월 28일
지은이 한대수
사진 한대수
펴낸이 김정순
편집 허영수 장준오
디자인 김리영
마케팅 양혜림 이지혜
펴낸곳 (주)북하우스 퍼블리셔스
출판등록 1997년 9월 23일 제406-2003-055호
주소 04043 서울시 마포구 양화로 12길 16-9(서교동 북앤빌딩)
전자우편 editor@bookhouse.co.kr
홈페이지 www.bookhouse.co.kr
전화번호 02-3144-3123
팩스 02-3144-3121

ISBN 979-11-6405-019-2 03810

이 도서의 국립중앙도서관 출판시도서목록(CIP)은
서지정보유통지원시스템 홈페이지(http://seoji.nl.go.kr)와
국가자료공동목록시스템(http://www.nl.go.kr/kolisnet)에서
이용하실 수 있습니다.
(CIP제어번호:CIP2019020640)